Dagmar Graupner

Licht, das durch Blätter fällt

Dagmar Graupner

Licht, das durch Blätter fällt

Erzählung

Die Handlung dieser Erzählung sowie die darin vorkommenden Personen sind frei erfunden; eventuelle Ähnlichkeiten mit realen Begebenheiten und tatsächlich lebenden oder bereits verstorbenen Personen wären rein zufällig.

Umschlaggestaltung: Karlfried Krauß
Umschlagfotos: Susanne Graupner, Dagmar Graupner
Lektorat, Korrektorat: Schreibwerkstatt Birgit Freudemann, Tröstau

Verlag: tredition GmbH, Hamburg

ISBN Paperback: 978-3-8495-9208-0
ISBN e-Book: 978-3-8495-9209-7

Bibliografische Information der Deutschen Nationalbibliothek:
Die Deutsche Nationalbibliothek verzeichnet diese Publikation in der Deutschen Nationalbibliografie; detaillierte bibliografische Daten sind im Internet über http://dnb.d-nb.de abrufbar.

...

Sieh, wie im selbstvergessenen Geäste
das Nächste sich mit Namenlosem mischt;
man zeigt uns dies; man hält uns nicht wie Gäste,
die man nur nimmt, erheitert und erfrischt.

Wie sehr wir auch auf diesen Wegen litten,
wir haben nicht den Garten abgenützt,
und Stunden, größere als wir erbitten,
tasten nach uns und gehn auf uns gestützt.

Rainer Maria Rilke

1

An regnerischen Tagen warten die Libellen lange. Soeben geschlüpft, sind sie zur Reglosigkeit verurteilt. Sie warten auf ihre Aushärtung und Trocknung, um Gewicht zu verlieren für den Flug. Manchmal dauert das tagelang. Sie bereiten das Auffächern ihrer Flügelpaare vor und ersehnen die wärmenden Strahlen. Erst die Sonne wird ihren Flügeln den Impuls zum Flug geben – bis dahin sind sie gezwungen zu wehrlosem Verharren.

Sie verharren senkrecht auf oder in der Nähe ihrer verlassenen Larvenhäute an Schilfhalmen, im Schutz aufgestellter Seerosenblätter, selbst der Zweig einer Trauerweide beherbergt mitunter eine Exuvie als Zeugnis einer abgeschlossenen Entwicklung. Die Libelle ist bereits ausgeflogen oder aber die Beute eines Frosches, Vogels, von Wespen oder Ameisen geworden. Wer wehrlos ist, ist harmlos, aber nur solange die Wehrlosigkeit vorhält.

Der Teich ist friedlich, wenn er dem Regen lauscht. Die Frösche jagen nicht. Die Frösche, die ihre geraubten Kaulquappen rächen werden …

Ich stelle mir vor (ich sah es viele Male): Eine Larve mit drei Beinpaaren an einem Schilfstängel verankert, das langsame Bersten ihrer Rückenhaut – wie Trennung zweier Wesen –, kopfüber in Rückwärtsbeugung verlässt eine Libelle ihr Gefängnis bis zum plötzlichen Klimmzug zurück nach oben, ergreift, gleichfalls mit sechs Beinen, einen Halt, oftmals an ihrer verlassenen Hülle, dann befreit sich der Rest des Libellenkörpers. Ein Wunder. Zwei Wesen aus einem. Die verwaiste Behausung scheint noch immer lebendig, hat Augenwölbungen und hält sich weiterhin fest. So scheint es.

Libellengeduld
Libellenfrieden
warten
warten auf Trocknung und Gewichtsverlust
warten
die Flügel fächern sich auf, glänzen
warten, bei Regen vielleicht bis zum kommenden Tag
dann Sonne
warten
Sonne

Sonne ... ein Zittern der Flügel, wie durch einen elektrischen Impuls verursacht oder durch das Anlassen eines Motors, und dann, wie mit dem Katapult beschleunigt, ein irrwitziger Flug, unruhig, hin- und her manövrierend, auch rückwärts, aber glänzend, wie mit Silberlegierung versehen. Ein Hochzeitsflug. Welche Schönheit, welche Verschwendung – ach.

Die längste Zeit hat sie bereits gelebt. Als räuberische Larve im Wasser. Sie wird weiterjagen in der Luft (sie ändert sich nur äußerlich), jedoch nicht mehr lange, wird sich paaren, sich mühen bei der

Ablage der Eier, sterben.

Das schönste Kleid zur Vervielfältigung und als Todesgewand ...

Der See ist friedlich, wenn er dem Regen lauscht. Wie der Aufschub von etwas, das mit Sicherheit kommt – eine Verzögerung, aber ohne Umkehr.

Der im Gegensatz zum sonstigen Text biedere Abspann meiner ›Radiografie der Seelenzustände innerhalb einer Trapezkünstlerinnentruppe‹ (so eine Rezensentin), die Animositäten, Ängste und erbitterten Kämpfe zwischen den Auftritten, dagegen der Waffenstillstand während der Darbietungen, kurz, mein Buch *Libellenfrieden* wird beinahe stürmisch beklatscht – ein Geräusch, als seien auf einem Herd mehrere Pfannen explodiert. Bevor das Buch einen Preis erhielt, brutzelten in der Regel nach einer Lesung nur einige Eier in einer einzigen.

Ich liebe diese Veranstaltungen nicht, und im Gegensatz zu vielen anderen halte ich es für Mummenschanz, Erwachsenen vorzulesen. Des Weiteren fürchte ich die Hyperintellektuellen, deren Fragen mich mit der breithüftigen Sicherheit von Rhinozerossen vor sich hertreiben, oder besser noch, die mich mit Zustimmung heischenden Monologen meinen Text begreifen lassen. Und so stochere ich sorgenvoll in meinem Fundus schlagkräftiger und von Humor strotzenden Entgegnungen, um Erwartungen zu bedienen und nicht warten zu lassen.

Ich war nie eine Rednerin. Die Aufforderungen

der Lehrer in der Schule, ich solle im ganzen Satz sprechen, haben mich durch meine Kindheit verfolgt. Noch heute bin ich in Gesellschaft lieber Zuhörende als Sprechende. Für meine Sätze nehme ich mir gern Zeit, und diese habe ich gewöhnlich beim Schreiben. Pointierte, geistreiche Spontanantworten gelingen mir – im Gegensatz zu meinem Bruder, der sie zudem noch in mehreren Sprachen aus dem Hut ziehen kann – nur gelegentlich.

Bevor ich mit dem Signieren der Bücher beginne, suche ich im Auditorium nach ihm. Er lächelt amüsiert, lehnt sich entspannt im Stuhl zurück, während sich um ihn die Plätze leeren und ich das Rasseln der Klapperschlange höre, die sich vor meinem Tisch aufrichtet.

2

Wir spielten Tom Tschajek und Desa Conenndeck. Namen, erfunden in kindlichem Eifer, unter deren Klang wir wuchsen, und die uns Quelle unerschöpflicher Kräfte waren. Zu einer Zeit, in der wir geglaubt hätten, freie Radikale zu fangen sei Sache der Polizei, galten wir als unzertrennlich und verteidigten das Recht und das Gesetz vom Garagendach aus (dessen Erklimmen uns verboten war) mit einfachen Stöcken, die uns als Schwerter dienten. Am Ende siegten wir immer und waren stets die Guten, und im Gegensatz zu heute wussten wir genau, was das Gute war und was Recht. Man darf niemals anfangen nachzudenken, wenn man Dinge nicht komplizieren will.

Was uns das Leben lehrte, war, dass zwischen Weiß und Schwarz ein riesiger Raum ist, der uns mit zunehmenden Jahren milder werden lässt. Es sind weniger Bequemlichkeit und Resignation, wie so oft angenommen, sondern es ist Erfahrung, die uns von extremen Forderungen abhält. Ich beargwöhne alle, die niemals einen Standpunkt verlassen.

An einem Tag im Sommer unserer Kindheit begann Fortuna uns die ersten Seiten aus dem Scheckheft zu tilgen. Unsere Eltern, als sie sich scheiden ließen, beschlossen die Trennungslinie tiefer zu ziehen, indem sie sie auch zwischen uns legten, und es kam mir damals so vor, als wären mein Bruder und ich versehentlich durch drei geteilt worden. Das sichere Gefühl, dass am Ende immer alles gut ausginge, geriet in Schieflage, und es schien mir, als könnten wir niemals mehr zu einem Ganzen genesen. Später war es unsere Großmutter, die meinen Bruder Spatz und mich Herzeli nannte, sich aber eines Tages wortlos und für immer entfernte. Ich will denken, dass sie uns weiterhin sieht und über uns wacht, so wie sie noch häufig mein inneres Auge besetzt.

Verlassen hat mich mein Mann, auch wenn er dafür nicht sterben musste. Er, der dunkelhaarige Frauen favorisierte, ist einer Platinblonden gefolgt. Er hasste es, wenn ich mich schminkte, dafür verteidigt er die Farbenfreude seiner neuen Begleiterin. Nichts ist verlässlich. Ich wusste es längst. Ein renitentes Mal blieb auf einem unserer Laken als anschmiegsamer Rest einer versuchten Versöhnung. Ein Relikt, das die Versöhnung überdauerte, dafür später aber in der Maschine verendete.

Das Jahr feiert den Vorruhestand. Aromatische Herbstluft begleitet meinen Bruder und mich auf dem Nachhauseweg. Wir haben einander nicht geheiratet, wie wir es uns als Kinder versprachen, aber er wohnt mit seiner Frau Elisa nur wenige Häuser entfernt von meinem. Wie die anderen Passanten weichen wir den Pfützen aus; es muss stark geregnet haben, während wir im Trockenen saßen. Tom ist groß und schlank, ich halte mich an einem seiner Arme fest, und wir beginnen in übermütiger Manier ein Springspiel über die flüssigen Spiegel. Nachtschwarz prangen die Früchte der Vogelbeerbäume, die der Tag rot machen wird und übermütig.

Ich bin euphorisch, wie immer nach einer überstandenen Lesung. Wie meine Varietéakrobatinnen in ihrer Libellenverkleidung fühle ich mich leicht und bereit zum Auffliegen.

Das war die letzte Veranstaltung dieser Art, nehme ich mir vor.

Und ich nehme mir vor, mein Abendbrot innerhalb der nächsten zwanzig Stunden wieder auszuscheiden, sagt mein Bruder, womit er sich verabschiedet. Von meiner Eingangstür aus sehe ich ihm nach und habe plötzlich Angst, jemand könne ihn unterwegs überfallen, ihm wehtun, so wie man es in Filmen sieht, die Gott sei Dank nie Wirklichkeit werden für uns.

Tom Hedin alias Tom Tschajek und Sveja Liden, vormals Sveja Hedin alias Desa Conenndeck haben sich soeben freiwillig getrennt, bleiben einander jedoch verbunden.

3

In klaren Nächten, wenn Sterne und Mond den Himmel bevölkern, fällt ein Teil des weißen Lichts auf den See, der im Dunkel wie Silber glänzt. Über das stumme Spalier des Schilfgürtels wacht ein geschmeidiges Heer von Nebelfeen. Eine einsame Laterne verliert ihren gelblichen Schein auf dem Rasen, der nicht das Ufer erreicht. Das kleine Boot am Steg liegt wie ein dunkler Schatten im Wasser, seine Umrisse wandeln sich ständig, und so sehr ich meine Augen auch anstrenge, es lässt sich nicht in eine gleichbleibende Form gießen.

Ich stehe am großen Rundbogenfenster des Erkers, durch das mich die Kastanie grüßt. Wohlige Wärme steigt von der Heizung her auf und ich fühle eine satte Zufriedenheit. Meine Freundin Katja wohnte hier, bis sie berufsbedingt in eine andere Stadt ziehen musste, die weitab von dieser liegt. Ich hatte sie stets um die Wohnung beneidet, um den wundervollen Ausblick, den perfekten Zuschnitt und nicht zuletzt um den Geschmack, mit dem sie eingerichtet war. Er glich so sehr dem meinen, oder genauer, meiner schien sich an ihm zu bilden. Sie besaß keine großen Schränke, und ich fragte mich (ohne sie je zu fragen), wo und wie es ihr gelingen mochte, all ihre Sachen zu verstauen. Es gab also nur zierliche Möbel. Die Heizung unter dem hohen Erkerfenster ist noch immer mit Holz verkleidet. Auf dem so verbreiterten Fensterbrett befand sich eine große Keramikschale, die stets mit rotbackigen Äpfeln gefüllt war. Ein mit der Jahreszeit korrespondierender Blumenstrauß stand immer daneben.

Jetzt, im Herbst, sind es Astern. Ich habe Katjas Einrichtung durch meine Biedermeiermöbel ersetzt, die nochmals veredelt scheinen durch den Rahmen, den die Wohnung stellt. Ich gebe zu, dass ich Katja in einigen Dingen kopiere – die Blumen, eine Keramikschale mit Äpfeln (denen die Heizungswärme zusetzt, deren Standort ich jedoch trotzig verteidige).

Kurt (du bist so schön, ich liebe dich, ich werde dich nie verlassen), der nicht mehr mein Mann ist, ging zuerst, einige Wochen später folgte Katja (nicht ihm), und ich bin sicher, es liegt vor allem an dieser

Wohnung, dass ich so umfassend versöhnt bin.

Sveja Liden, Libellenfrieden. Wie ein verhindertes Gedicht, es fiel mir zu spät auf, ich hätte einen anderen Titel wählen können. Aber der Titel war zuerst da. So wie ein Neugeborenes zuerst einen Namen erhält, die Seiten seines Lebensbuches füllen sich später.

Die Zeit zwischen zwei Büchern, ich genieße sie sehr. Zeit zum Lesen anderer Texte (nicht meiner eigenen), die mich entführen und verändern werden. Nach jedem Buch, das mich bewegt, verändern sich mein eigener Stil, meine Sprache, mein Denken, und ich reife auf eine komfortable Weise, ohne mich allzu sehr mühen zu müssen.

Das Rot der Aubergine könnte der Titel meines nächsten Buches lauten, obgleich mir ebenfalls noch keine schlüssige Handlung vorschwebt. Doch ich habe Vertrauen. Zu mir. Nicht zu mir als Rednerin (ich vertraue meinem geschriebenen Wort und dem Titel).

Ich denke flüchtig an Kurt, ohne Trauer. So, als sei alles Jahre schon her, nicht Monate. An das, was er mir sagte (oft und einfach so, also konnte ich es glauben): Du bist so schön, ich liebe dich, ich werde dich nie verlassen – wie ein Lied, dessen Text man singt, ohne ihn je übersetzt zu haben.

4

Obwohl der Name Potsdam an potz Blitz denken lässt, sind große Unwetter hier eher selten. Was immer aus anderen Regionen wütend und schnaufend sich näherte, hat den größten Zorn und Groll vor unseren Toren abgelegt. Vielleicht ist es die barocke Schönheit der Stadt, die wütende Racheengel zum Einlenken bewegt.

Heute aber ist die Welt in Bewegung. Die entlaubten Äste der Kastanie greifen immer aufs Neue nach dem düsteren Himmel, wo sie bei Berührung Kurzschlüsse verursachen. Grell drohend splittert das Licht, die Bewehrung des Horizonts fällt krachend zu Boden.

Ich habe mich aus den durchnässten Sachen geschält, die ich sorgsam über einen Heizkörper verteile. Ich freue mich auf mein Bad – durch die geöffneten Türen vernehme ich das tönerne Geräusch einlaufenden Wassers, das die Fliesen reflektieren. Ich werde es genießen, die Zeitung zu lesen, das Journal will ich in den Papierabfall werfen. ›Lieben Sie Ihren Psychiater?‹, fragt mich das Titelblatt, bevor es der Mülltrennung anheimfällt (ich werde es in keinem Fall erfahren). So, wie ich noch immer nicht weiß, wer meinen Briefkasten zum Blühen bringt. Einmal in der Woche (manchmal öfter) ragt eine Blume aus dem geöffneten Spalt, und da Herr Dix aus der unteren Etage (dem beinahe nichts entgeht, was gesprochen, getan wird oder irgend geschieht im Hause) es nicht sagen kann, gebe ich mich keinen Illusionen hin, es vor ihm zu erfahren. Die Lilie, die ich in die Vase gestellt habe, will sich nicht äußern, also gehe ich ins Bad, um ihr Zeit zu geben. Sie erinnert mich an unsere Tochter Lisa, die Lilien über alles liebt. Lisa, die so fröhlich und liebenswert ist, voller Energie. Denke ich an sie, stellt sich sofort ein Lächeln ein. Ich glaube, dass sie mit ihrem Freund glücklich ist (auch wenn ich es nicht sicher wissen kann). Denn zwischen dem, was wir zeigen und dem, was wir fühlen, ist ein ähnlich großer Raum wie zwischen Schwarz und Weiß.

5

Ein Tag, an dem man das Haus verlässt, wird alles ändern oder nur wenig; das Auto, das man zum Bremsen zwingt und das kurze Zeit später jemanden überfährt oder einen Unfall hat – wäre es nicht aufgehalten worden, nichts hätte den gewohnten Lauf unterbrochen. Oder das Auto, das man zum Bremsen zwingt, das aus eben diesem Grund niemanden überfährt, keinen Unfall hat – alles hängt von der Zeit ab, zu der etwas geschieht oder eben nicht, um etwas oder nichts geschehen zu lassen. Alle Ereignisse sind miteinander verwoben, haben einen Vertrag mit dem unvorhersehbaren, unüberschaubaren, emotionslosen Geschehen auf der Welt. Der Einfachheit halber nennt man es Schicksal.

Mit meinem Zeigefinger fuhr ich spazieren am gestrigen Abend über die Potsdam-Karte mit abgebildeten Sehenswürdigkeiten, das Quecksilber aus den Energiesparlampen sickerte mitsamt dem kalkweißen Licht auf meinen Kopf, ich langweilte mich ein wenig, war nach mehreren Stunden des Lesens müde. Per Luftlinie und im Zickzack fuhr ich von Sanssouci (das ich am wenigsten mag, weil es so übermäßig strapaziert ist) zum Brandenburger Tor, Jägertor, Nauener Tor, segelte über die Brücken, machte Rast am Pomonatempel, am Klausberg- und Pfingstberg-Belvedere, schwebte über das prächtige Stadtschloss, flankiert vom gleichmütigen Defilee der Havelwellen, anschließend über die Stelle, an der die Garnisonkirche wiedergeboren wird. Ich glitt über die Figuren des Neuen Palais, verweilte im Sizilianischen Garten, verhakte mich an der bizarren Turmnachbildung des Heilig-Geist-Gebäudes und prallte schließlich gegen den sanierungsbedürftigen Kuchenzahn des Mercure-Hotels, den Stachel im Fleisch, den riesigen Monolithen, der die barocke Umgebung überragt. Als ich schließlich den Standort der Tierklinik streifte, hatte ich den Gedanken, der sich als folgenschwer erweisen sollte.

Was mich heute aufhalten wird (das Auto zum Bremsen zwingt), ist meine Nachbarin Rita. Hilfsbereit und freundlich, versorgt sie mich, wie sie vormals Katja bemutterte, mit selbst gemachten Marmeladen, eingelegten Gurken, ofenwarmem Kuchen. Eine Stunde vergeht, sie beliefert mich ebenso mit Neuigkeiten, die ihr zufliegen wie die Hausspatzen den Futterhäuschen. Es ist angenehm, ihr zu lauschen. Ich habe eigentlich keine Lust mehr auf die Radtour, die ich gestern geplant hatte, schließlich überwinde ich mich aber doch – keine gute Entscheidung, aber wie soll ich das ahnen.

6

Der Tag ist sonnig und relativ mild. Wie immer bin ich unpassend gekleidet für eine Fahrradfahrt (als würde jemand in Operngala Traktor fahren, sagte Katja einst). Ich trage ein kurzes Wollkleid, darüber eine gefütterte Jacke und Stiefeletten mit kleinem Absatz. An der Tierklinik angekommen, biege ich in den Waldweg ein. Es ist Montag, im Gegensatz zu mir sind die meisten Menschen auf der Arbeit. Ein älteres Paar begegnet mir am Beginn des Weges, ich fahre über einen Zweig, um ihnen auszuweichen – es knackt, als würden Nussschalen in mehrere Teile zerlegt –, ein Baum speit daraufhin Vögel aus wie ein Vulkan die Asche. Besondere

Arten von Mücken weben flüchtige Muster in den Raum. Licht fällt durch die Blätter und tanzt auf dem Waldboden. Ich will zur Bundesstraße, die ich überqueren werde, um in der kleinen Gaststätte am See zu Mittag zu essen.

Eine Amsel, die ich gestört habe, fliegt mit lauter Beschwerde auf, ein flüchtiger Schreck und Gedanken, die sich wiederholen, sooft ich in dieser Einsamkeit fuhr. Ich sollte hier nicht allein fahren, denke ich, und das Gleiche werde ich auch auf dem Rückweg empfinden. So viele Male die gleiche innere Stimme wie eine Warnung, die ich abtun werde, das Nein im Sinne von Ja, das ohne Folgen blieb.

Der Weg zieht sich in die Länge. In meiner Vorstellung ist er stets kürzer, aber ich sehe bereits die kleine Lichtung, die mein Ziel in die Nähe rücken lässt, als etwas nach mir greift.

Ein Vorgefühl, eine Aura, Reste eines Urinstinkts. Noch bevor ich etwas höre oder sehe (oder hörte ich doch?), erhöhe ich mein Tempo, und obwohl ich es mir verbiete, drehe ich mich um. Ein Mann auf einem Rad nähert sich (ich verhalte meinen Atem), überholt mich in schneller Fahrt (ich atme aus, erleichtert) … und bremst abrupt.

Die Reifen seines Rades reißen eine meterlange Wunde in den sandigen Boden.

7

Ein Tag, an dem man das Haus verlässt, wird alles ändern oder nur wenig. Das Auto, das man zum Bremsen zwingt und das kurze Zeit später jemanden überfährt oder einen Unfall hat – wäre es nicht aufgehalten worden, nichts hätte den gewohnten Lauf unterbrochen. Oder das Auto, das man zum Bremsen zwingt, das aus eben diesem Grund niemanden überfährt, keinen Unfall hat – alles hängt von der Zeit ab, zu der etwas geschieht oder nicht, um etwas oder nichts geschehen zu lassen. Alle Ereignisse sind miteinander verwoben, haben einen Vertrag mit dem unvorhersehbaren, unüberschaubaren, emotionslosen Geschehen auf der Welt (der Einfachheit halber nennt man es Schicksal).

Mit eiskalten Krallen greift die Angst nach meinen Eingeweiden, lähmt meinen Geist. Ein Pedal seines Rades hat sich verhakt in meinem Vorderrad, das quer zum Baum steht. Ich höre blecherne Musik aus seinem i-Pod neben uns im Unterholz. Ein naives, fröhlich-dummes Liedchen, das ungerührt weiterläuft, etwas, das sich mir einprägen wird – die Ungeheuerlichkeit der Situation, die irritierende Taktlosigkeit der Technik. Unter mir der stachlige Waldboden, kein Wort von ihm, er befehligt mich stumm. Meine Augen sind geöffnet, ich sehe Licht, das durch die schütteren Blätter fällt auf das Geschehen, das man besser nicht geschehen lässt (in die Augen stechen, schreien, mit dem Fuß ins Gesicht treten), ich tue nichts dergleichen.

Bleierne Lähmung.

Lass mich am Leben.

Die Bäume zu stummem Zeugnis versammelt

meine Gedanken, die sich verwirren

meine Sprache zerfällt

offener Vollzug, denke ich und

rettet den Neptunbrunnen (ich las es am Morgen in der Zeitung)

Lisa

wo sind die, die uns überall hören und sehen – die Agenten versagen –, wieso jetzt? Noch immer erwarte ich Retter, das Dickicht zerschlagend – dieser Kampf ist nicht mehr meiner –, aber die Hoffnung trägt Schwarz, und ich kann mich nicht täuschen.

Das ist nicht wahr, das … (Bitte im ganzen Satz!)

Werde ich dankbar sein, wenn er mich nicht tötet?

Noch immer Musik, jetzt ein anderes Lied, zuversichtlich blechern

meine Augen aufgerissen

und dann

das Überwinden der Stadttore

das rhythmische Zerteilen der Zeit …

die Zeit …

der Rhythmus, der mit mürbem Geräusch aus seinem Mund erstirbt, einem Rülpsen gleich (gesagt, getan). Ein Ende, dem der Abschluss fehlt.

Unmöglich, dass einer von uns jetzt aufs Fahrrad steigt. Eine unzulässige Choreografie. Eine Erkenntnis, die meine Lähmung löst.

Er wird mich töten.

Als er sich aufrichtet, trete ich zu. Mit ganzer Kraft. Treffe sein Kinn, oder war es die Kehle? Höre ein dumpfes Geräusch (das Brechen des Kehldeckels?), sein Ringen nach Luft – die Überraschung in seinen Augen, und ich in kalter Panik –, plötzlich kann ich schreien. Dafür versagen meine Beine. Auf allen Vieren erreiche ich die Räder, schaue nicht zurück, ich habe Schuhe an, die Strumpfhose und der Slip sind zerschnitten, meine Jacke zu (er hat mich kaum angefasst, er wollte durchs Tor). Wie wahnsinnig reiße ich an meinem Rad, die verhakte Pedale reißt zwei Speichen heraus, die wie Spinnenbeine abstehen, ich verletze mir die Wade, stopfe die Speichen zurück und dann sitze ich, stürze, komme wieder auf die Beine, deren Muskeln mir Streiche spielen. Eine der Speichen hat Kontakt mit einem Pedal, ich korrigiere nochmals die Position.

Die Gefahr schlägt mir die Zähne in den Rücken, ich kann erneut aufsteigen, rutsche ab, aber dann geht es voran, taumelnd, der Waldboden zäh wie mit Leim bestrichen, ein Schock, denke ich, als das Wechseln der Gänge meinen Händen misslingt. Auch das Handy kann ich nicht bedienen. Tierklinik, denke ich, aber als ich dort ankomme, fahre ich weiter.

8

Eine Flüchtende auf ihrem Pferd. Ich sehe Passanten, die mich argwöhnisch mustern, argwöhnisch oder erschrocken, ein wärmlicher Geruch steigt mir in die Nase (seiner?), ich will nach Hause – eine Strecke, die zu wachsen scheint mit jedem Tritt in die Pedale; im gleichen Rhythmus Angst, die auf gedämpften Lauten meinem Mund entflieht, gefasst in ungleichmäßiges Stakkato –, ich bin entkommen wie eine Libelle dem Feind (das schönste Kleid als Todesgewand. Eine Verzögerung, keine Umkehr …)

Tötung aus Notwehr, Entsetzen treibt mein Fahrrad an. Ich will nicht, dass er lebt und ich will nicht, dass er tot ist. In beiden Fällen Scherereien. Eine unmögliche Flucht vor einem Mann und einem Ort, die mir anhaften, ich kann die Distanz nicht erhöhen, obgleich sich mein Fahrrad bewegt. Müsste ich nicht doch … einen Krankenwagen für ihn … ich muss einen Krankenwagen … die Polizei … Ich muss nach Hause. Mein Gewissen? Wozu?

Und merkwürdig, gerade jetzt erinnere ich mich einer Rechtfertigung, herzlos und zynisch, die für die zum Teil bis zur Tötung vollzogene Beugung des Rechts auf Freiheit und Entfaltung benutzt wurde und in dumm-dreistem Umkehrschluss aus Opfern Schuldige machte: Sie wussten doch, wer illegal die Grenze der DDR überwindet, muss damit rechnen, erschossen zu werden (Sie wissen doch, wer solche Kleider trägt, muss mit allem …).

Wie in einem Film entfaltet sich die Straße, die mich nach Hause führt. Ich bin nicht die, die sie heute Mittag verließ, mein Körper scheint träge, wie mit Blei beschwert, das Herz übt Verrat in haltlosem Galopp, ich bemerke eine Gardine, die sich bewegt, sehe alles und sehe nichts, mein Haus scheint Einsicht zu zeigen, es kommt mir entgegen, ich lehne das Rad an dessen Mauer, und wirklich, ich laufe, obwohl mir das Gefühl dafür fehlt.

Herr Dix am Fenster mit Augen wie Mühlräder, aber seine Tür wird geschlossen bleiben. Die Vögel erschüttert, die Kastanie enttäuscht. Ich öffne die Haustür, ziehe mich am Treppengeländer nach oben, zitternd sortiere ich die Schlüssel. In meiner Wohnung wird mir übel, ich laufe ins Bad – eine Umdrehung des Magens, der seinen Inhalt nicht preisgibt.

Dann sitze ich starr, die Augen ins Leere gerichtet.

Bilder aus einem Film, den ich nicht freiwillig wählte, abgespult ohne Rücksicht, manchmal verharrend an unerträglicher Stelle und dann weiter zur nächsten. Es ist nicht wahr, ist nicht wahr, ist nicht …

Ein fremder Mann. Merkwürdig, er roch gut, sprach nicht, spricht vielleicht nie mehr. Er nahm mich schnell und überlegt, nicht direkt grob, nicht höflich, ich fand nicht den Mut, ihn länger anzusehen, wie auch er mich nicht sah. Er gehört irgendwo hin, in diese Stadt oder eine andere, in eine Wohnung, zu anderen Menschen vielleicht oder auch nicht. Er ist ein Vergewaltiger (das ist so ein Wort), aber ich denke, da war eine Mutter, die ihn liebte, die ihn einst mit Pudelmütze, Jacke und Schal gegen die Kälte schützte, ihn nährte, an der Hand hielt – die um ihn weinen wird (was haben Sie mit meinem Jungen gemacht!). Mit dem Stiefel gegen seine Kehle getreten, ich hörte das Brechen des Kehldeckels, sein Ringen nach Luft. Oder eine Mutter, die ihn nicht liebte; in dem Fall tut er mir leid, im anderen vielleicht. Der Tod tilgt die Schuld.

Bilder in meinem Kopf wie Gäste auf einem Karussell, dessen Bremsmechanismus den Dienst versagt, mein Geist ist in Bewegung und zugleich gefangen.

Waschen oder nicht waschen, eine unsinnige und doch wichtige Frage, so scheint es. Umziehen oder … Sein oder nicht sein …

Schlimm oder nicht? Bilder von anderen Tragödien suchen mich heim, vielleicht hilft ein Vergleich.

Das Elefantenbaby in der ostafrikanischen Savanne (ich sah es im Fernsehen), das nach endloser Odyssee auf der Suche nach Wasser und Nahrung zusammenbrach, seine Mutter ohne Milch, die es mit dem Rüssel und den Füßen vergeblich zum Aufstehen bewegen wollte, sein kleines Maul voller Trocknungsfalten, blieb es liegen nach einem vergeblichen Versuch, der kleine runde Körper auf der Seite, eines seiner Ohren wie ein Tuch über dem Gesicht, es starb so ruhig, so ergeben. Alle Mühen umsonst, ein so kurzes Leben, geprägt von Entbehrungen – das ist schlimm (ich habe geweint). Oder die kleine Tannenmeise (Tannhäuser), die Kinder mir brachten, die schon am Abend nicht mehr fraß, des Morgens bereits auf dem Käfigboden hockte, ich nahm sie in die Hände, wo sie mit einem kurzen Strecken der Füße starb, gleichfalls ergeben. Das ist traurig.

Volltrunkene, die Würde und Gehirn ablegen, sich aus freien Stücken zu Behinderten machten, das ist … (Thema verfehlt!)

Er hat mich kaum angefasst, wollte nur durchs Tor (ein natürlicher Vorgang, was soll das Theater). Vielleicht nicht, als er die Schere benutzte, aber er hat nur das Schloss entfernt (das Netz der Strumpfhose, das Spitzengewirk meines Slips). So erhielt er Einlass. Er sprach nicht, befehligte mich stumm, nicht direkt grob, eher überlegt, nicht höflich … Eine höfliche Vergewaltigung (erlauben Sie?, oder: Sie gestatten?)

Vergewaldigung, weils im Wald … (Im ganzen Satz!)

Ein Tag, an dem man zu Hause bleibt und deshalb jemandem nicht zu Hilfe kommen kann, oder ein Tag, an dem man das Haus nicht verlässt und deshalb keine Tragödie verursacht, Worte, die man spricht, die jemandem Mut machen oder solche, die vernichten – alles hängt von der Zeit ab, in der etwas geschieht oder nicht geschieht, um etwas geschehen zu lassen oder etwas zu verhindern, oder es hängt von der Wahl der Worte ab, von ihrer Wirkung, beabsichtigt oder nicht, von Gedanken, logisch oder verworren; alle Ereignisse sind miteinander verwoben, haben einen Vertrag mit dem unvorhersehbaren, unüberschaubaren, emotionslosen Geschehen auf der Welt.

Ich nehme mein Schicksal in die Hand, weil ich Angst habe, ohnmächtig zu werden. Wieso Angst? Vorsichtig laufe ich über den Flur, die Klingel schreit auf bei meinem Anblick. Als Rita öffnet, sitze ich bereits.

9

Ich bin die posttraumatische Belastungsstörung, der Zustand nach … Ich war Desa Conenndeck, kampferprobt, und die Gefährtin von Tom Tschajek, ich bin die Mutter von Lisa Liden und die Exfrau von Kurt Liden, ich bin Sveja Liden, vormals Sveja Hedin, die Schwester von Tom Hedin, außerdem bin ich Tochter und Schwägerin, Freundin, Nachbarin, Bekannte, Unbekannte und nie gesehene, oder Unbekannte und trotzdem bemerkte. Ich bin Alphabetikerin. Und ich bin Ellen Justice, Botschafterin der vereidigten Talare.

Ich habe getötet.

Motten, die sich im Teppich vergnügten und die kleinen schwarzen Flügler, die Raupen zeugten und den Milchreis fraßen, Fliegen nie. Das Recht, eine Instanz auf der Seite der Stärkeren, steht dem zur Verfügung, der unsere Sprache spricht und Anwälte bezahlt. Recht oder Unrecht, willkürlich oder überlegt in Worte gefasst, Worte, die der Wahrheit in den Rücken fallen.

Ich habe getötet.

Motten im Teppich, Fliegen nie oder nicht absichtlich, keine Spinnen, aber die schwarzen Küchenflügler, die Raupen zeugten und den Milchreis fraßen.

Wozu das Theater.

Täglich werden Tiere misshandelt, sterben Tode um Tode, sie sprechen unsere Sprache nicht, bezahlen keine Anwälte, sind deshalb unterlegen. Sie fühlten Angst, wie ich sie fühlte, und wurden nicht erhört.

Ich habe getötet. Küchenflügler und Motten. Ich aß Tiere, die ich andere töten ließ, ich tat nichts, um die grausamen Tiertransporte zu stoppen. Ich spendete für Tiere, spendete bei Hungersnöten und anderen Katastrophen mit Mitleid im Herzen und dem satten Komfort einer gesicherten Existenz im Rücken. Ich wurde als kleines Mädchen von meinem Bruder getrennt, ich habe niemanden vergewaltigt (oder doch, vielleicht psychisch?).

Wozu das Theater um das bisschen Leben, das unaufhaltsam durch die Finger rinnt wie Sand in einer Sanduhr, mit Höhepunkten, die den Lauf mitunter verlangsamen (eine Verzögerung, aber ohne Umkehr).

Ich bin Täter und Opfer, so, wie ich auch Glück im Unglück habe – ich werde weder infiziert sein noch schwanger, er benutzte ein Kondom (ein Gummi – woher nahm er diese Kaltblütigkeit?), und es tut mir im Augenblick gut, dass man sich mit mir befasst …

10

Sie bedienen sich einer sehr bildhaften Sprache, sagt der Psychiater, der sich seines Berufes wegen mit mir beschäftigt und mich über den Brillenrand teilnahmsvoll mustert – und ich habe tatsächlich Bilder zu meiner Sprache. Ich sehe seinen Kugelschreiber (schwarz), der meinen Worten hinterherhechelt, sie aufs Papier nagelt und dingfest macht.

›Lieben Sie Ihren Psychiater?‹

Ich sehe die Nadel, durch die Diazepam in meine Venen gelangte, ich wurde zum zweiten Mal penetriert an diesem Tag und das dritte Mal war es das

Spekulum der Gynäkologin. Ich erinnere mich an den Polizisten (ernst und wissend) mit den angenehmen Umgangsformen, der mich schonend befragte. Ich kannte sein Gesicht, aber woher?

›Lieben Sie den Psychiater oder den Polizisten, Sie haben dreißig Sekunden …‹

Ich erinnere mich an ein Pedal, in Speichen verhakt, an Bäume, zu stummen Zeugen bestellt, die mitunter Vögel ausspeien wie Vulkane die Asche, an die Unebenheit des Waldbodens, die Schere, die das Tor sprengte, das rhythmische Zerteilen der Zeit, an das teilnahmslose Bündel Licht, das meine Iris tätowierte, an Musik, die unbeeindruckt weiterlief, und an die Dankbarkeit, am Leben geblieben zu sein (eine Verzögerung, keine Umkehr).

Ein fremder Mann, merkwürdig, er roch gut, sprach nicht, spricht vielleicht nie mehr. Er ist ein Vergewaltiger (so ein Wort), aber er ist auch Sohn einer Mutter, die ihn liebte, die ihn einst mit Mütze, Jacke und Schal gegen die Kälte schützte, ihn nährte und an der Hand hielt, – die um ihn weinen wird (was haben Sie mit meinem Jungen gemacht!) Mit dem Stiefel gegen seine Kehle getreten, ich hörte das Brechen des Kehldeckels, sein Ringen nach Luft. Oder seine Mutter, die ihn nicht liebte, in dem Fall tut er mir leid, im anderen auch. Der Tod tilgt die Schuld.

Er ist nicht tot, kann nicht tot sein, sagte der Polizist vorhin, es gibt lediglich Zeichen eines Kampfes, dessen Opfer Sie sind, nicht er.

Nicht tot.

Meine Augen groß wie der Unglaube. Erleichterung, von einem unguten Gefühl verdrängt … Was wird er tun? Was tut ein Mann, der ein Verbrechen beging? Kauft er ein, als sei nichts gewesen? Geht er durch Straßen ohne Eile, der Blick entspannt, denn ihn drängt nichts im Moment? Ist er eines anderen Nachbar, freundlich und angenehm? – Ich habe eine kurze Fantasie von Gewalt, meine Rache an ihm ist brutal und ohne Rücksicht, aber ich finde nur kurz Gefallen …

Verzeihen, verzeihen wie eine Formel, die für Beschwörungen taugt, als hätte man eine Wahl und ein Heilmittel. Ich werde die Entscheidung x-mal wieder umstoßen, aber letztlich wird es das Einzige sein, was mir Erleichterung bringt, ein Balsam aus körpereigener Produktion (Körper, noch kann ich daran nicht denken …).

Ich will verzeihen, falls er es nicht wiederholt. Bei einer Frau zum Beispiel, die weniger stark ist als ich, einem Mädchen vielleicht. Keine Strafe, wenn er es nicht wiederholt, keine, wenn er bereut. Ein geheimes Geschäft, gebunden an eine Bedingung, abgeschlossen zwischen mir, die ihn sah, und ihm, der mich nicht sehen wollte. Er dirigierte mich stumm, ignorierte die Angst (meine, seine?)

Lisa!

Es ist vorbei, sie finden ihn …

Nicht tot, sie finden ihn. Es gibt das Bild, von dem

ich nicht weiß, ob es ihm ähnelt.

Nicht tot.

Musik mit blechernem Hohn, das Bezwingen der Stadttore, das rhythmische Zerteilen der Zeit, das Pailettengeflimmer blättergefilterten Lichts, das Augen und Haut bekümmerte, das unwirtliche Bett des Waldbodens; mein Körper, aus dem die Liebe verschwand, mein Körper für immer versehrt.

Vorbei?

Doch besser, sie finden ihn, ich glaube es, ich denke an den Polizisten, an sein Gesicht. Ihm vertraue ich.

Vorbei.

Nur das irritierende Theater um das bisschen Leben, das unaufhaltsam durch die Finger rinnt wie Sand in einer Sanduhr, mit Höhepunkten, die den Lauf mitunter verlangsamen, ohne ihn aufzuhalten (eine Verzögerung, aber ohne Umkehr). Und niemand weiß, wann er das Ende trifft; was soll verlockend sein daran?

Was ist mein Erlebnis gegen ein kommendes, unausweichlich für jeden von uns und eine Tortur für Freunde und in Liebe Verbundene – eine Marter, lauernd wie die Spinne im Netz: Wir müssen einander verlassen, manchmal im Leben, aber immer im Tod, und nie können wir wissen, wer zuerst verlässt oder zuerst verlassen wird, wer der ist, der weint, und der, der alles hinter sich hat.

Und mittendrin eine Erfahrung wie ein Vorgeschmack, ein Dämpfer gegen Leichtsinn und Unbeschwertheit, eine Warnung vor etwas, aber keine Möglichkeit der Korrektur, also fast ohne Bedeutung und doch mit Konsequenzen. Da ist mein Körper (aus dem die Liebe schwand). Und ich werde misstrauischer sein, einsame Waldspaziergänge meiden – eine hinnehmbare Einschränkung, ich werde es jedem raten, besonders Lisa – und manchmal, wenn ich allein bin in der Dunkelheit, oder vielleicht auch im Hellen, wird Angst mich besuchen wie ein Gast aus vergangener Zeit.

11

In klaren Nächten, wenn Sterne und Mond den Himmel bevölkern, fällt ein Teil des weißen Lichts auf den See, der im Dunkeln wie Silber glänzt. Das Haus in der Nähe, an dessen Fassade die Nacht und der Lampenschein lehnen, kennt er seit Langem. Er kennt die vielarmigen Kronleuchter im ersten Stock, die Form der Fenster, den weißen Putz, er sah die Kastanie davor kahl, er sah sie belaubt und mit Blütenkerzen, er sah sie mit grün-stachligen Früchten, die auf dem Erdboden braunglänzende Kinder gebaren, er sieht sie erneut ohne Blattwerk. Er lernte den unteren Teil des Flures kennen, als Bote verkleidet, da hatte er Zeit, er gelangte bis an die

Briefkästen, weiter wird er wohl nie gehen. Nicht als Bote. Er kennt den Geruch nach Farbe und Holz und schloss Freundschaft mit den Namen auf Schildern. Er kennt den Namen ihrer Freundin, die ging, um ihrem Platz zu machen. Seit vielen Monaten hat er es eilig, sofern er nicht als Briefträger kommt. Er passiert das Haus oft in Begleitung seines Schäferhundmischlings, manchmal erhascht er einen Blick auf sie im Schein des künstlichen Lichts, das wie ein Halo die langen dunklen Haare erhellt, einen Blick auf sie, die ihn einst schützte mit ihrem Leben und ihrem Leib, es war ihre Absicht, auch wenn sie es vielleicht nie so empfand wie er, vielleicht fehlt ihr schon jegliche Erinnerung.

Erinnerung an einen Tag im Frühjahr, die Vögel kehrten aus ihren Winterquartieren zurück, die Sonne zog all ihre Kraft aus der Hoffnung. Er gab damals nur ein Gastspiel beim Automobilklub, bis er sich umentschied. Ein Anruf: Frau auf Autobahn, leerer Tank. Er bat sie um das Aufstellen des Warndreiecks und darum, die Weste anzulegen, und er hatte Gedanken, kaum freundlich und mit der Überheblichkeit der Überlegenen getränkt. Eine halbe Stunde, bis er zu der Stelle gelangte. Das Dreieck stand, aber sie war ohne Warnweste. Ihr weißes Kleid, es endete knapp über den Knien, reflektierte das Sonnenlicht, und er war geblendet – in vielerlei Hinsicht.

Ihr Auto stand auf einem Abschnitt ohne Standstreifen, mit der Tanköffnung zur Seite der Fahrbahn.

Er hörte das Whusch-Whusch der vorbeifliegenden Geschosse, drängte sich mit dem Kanister an den Wagen und fluchte all seine Flüche im Stillen. Er bemerkte sie später, da war sie direkt hinter ihm. Sie stand dort, um ihn zu schützen, sie misstraute der Warnleuchte seines Dienstfahrzeuges; ihr schlanker Körper ein nutzloses Schild gegen die Gefahr, ihr Kleid wie ein Sonnensegel. Unsinnigerweise verdeckte sie wahrscheinlich seine Warnweste, aber er sagte nichts, ihr Gesicht machte ihn still.

Es ist Jahre her, inzwischen sah er sie auch auf einer ihrer Lesungen. Sie lebt allein inzwischen, ein Wissen, das ihn erst freute und später unruhig werden ließ.

Seine Botenzeit muss er beenden. Es macht ihn rasend, wenn er daran denkt, wie sie sich fühlt.

12

Ein Bild zum Beispiel, das ich im Museum betrachte, vielleicht gefällt es mir, ich denke, der Maler wollte es so, oder zumindest wollte er einen bestimmten Eindruck hinterlassen – aber ich werde das Bild weder abhängen noch mitnehmen oder es übermalen, nicht wahr? Es gefällt mir, aber ich weiß, dass ich es nicht besitzen kann. Gut, nicht im Museum, sondern irgendwo. Ich kann es ebenfalls nicht mitnehmen, es sei denn, der Besitzer ist einverstanden. Die Art, wie ich mich kleide, natürlich will ich gefallen, mir, und gerne auch anderen, aber ich denke nie, dass ich damit Schmerzen verursache. Sie meinten doch das Ja im Sinne von Nein? Oder umgekehrt? Aber so kurz sind meine Kleider nicht.

So habe ich das eigentlich auch nicht gemeint, sagt der Psychiater und lächelt. Wie er es meinte, sagt er mir allerdings auch nicht, ich muss selbst darauf kommen, aber ich bin abgelenkt. Komisch, dass ich die Zeit hier genieße. Psychiater-Wellness. Während er Notizen macht, beobachte ich ihn. Sein Gesicht ist konzentriert, und ich denke, dass er Kürzel benutzt, weil sein Stift wie im Delirium auf dem Blatt rotiert, um nach jeweils kurzem Veitstanz zu verharren. Blickt er auf, sieht er mich an, gütig, wie ich finde. Eine Zeit lang fällt kein Wort, Stille, die diesmal er nicht aushalten wird.

Nein, also Sie kleiden sich geschmackvoll und selbstverständlich nicht ohne Reiz, aber Sie suchen nach Schuld, und diese Suche wird unergiebig bleiben.

Ich sehe seinen Schreibtisch, den kleinen Skorpion darauf, in Glas eingeschlossen, der über seinen Rücken hinweg mit dem Stachel auf mich zielt, ich streife den steinernen Skarabäus daneben, Reiseandenken, glaube ich und kann mir den Psychiater weder in Familie noch auf Reisen vorstellen. Wie ein König zu seinem Reich gehört er in diesen Raum, außerhalb ist er verloren.

Ich denke, sagt er (und natürlich kann er es nicht sicher wissen), dass eine lange Trainingshose sie ebenfalls nicht bewahrt hätte.

13

Die Tage beginnen mit Übelkeit. Nur noch leicht und durchaus ertragbar – der Zustand nach … die posttraumatische … Ich habe Futterhäuschen aufgestellt und sehe zu, wie die Vögel Quartier beziehen: Meisen, die flink mit einem Korn verschwinden zum nächsten Ast, wo sie mit eifrigem Nicken die Schalen spalten. Die Spatzen halten sich länger auf und teilen gesellig, ich beobachte Grünfinken, die sich streitsüchtig und neidisch behaupten, selbst gegen Artgenossen (die Grünfinken sind einander nicht grün) verteidigen sie den nahrungssatten Standort erbittert. Einem einzelnen Rotkehlchen, scheu und flink, gelingt immer wieder ein Beutezug, ich sehe Eichelhäher, Kernbeißer und Amseln. Die Wacholderdrosseln kommen, wenn Schnee liegt, dann brauche ich Äpfel.

Gestern hatte ich Gesellschaft. Lisa, Tom und Elisa (auch ein verhindertes Gedicht). Gestern war ich froh.

Ein Pärchen rückt in mein Blickfeld, eng umschlungen, also wohl glücklich, ich überlege, wohin sie gehen werden, als sie die Straße überqueren, und ich denke an das Leben in einer Sanduhr, an den steinernen Skarabäus und an den Skorpion in Aspik.

14

Erster Akt, vierter Aufzug (oder ist es der fünfte?). Ich muss mich erinnern, diesmal ist es der Block eines Polizisten, über dem ein Stift seine Kreise zieht, bedächtiger als der des Psychiaters, emotionsloser vielleicht, dafür nachdrücklich. Anfängliche Enttäuschung (es ist nicht der gleiche, nicht der, der die erste Befragung vornahm), hier und heute ist es ein fremder Kommissar, Matthias Rending, ›Mats‹ werde ich später denken. Ich muss mich umgewöhnen, neu zusammenstellen. Was ist von Bedeutung, was nicht, meine Erinnerung beginnt sich zu wandeln, ich vergesse Details, füge neue hinzu, beginne meine Erfindungen zu glauben. Das Licht, von der Vegetation des Geistes gefiltert, spielt mir Streiche, dringt nur abgeschwächt auf den Boden der Tatsachen. Der Tatsachen? Worte, die der Wahrheit in den Rücken fallen, zur Übersetzung nicht geeignet, aber ich habe nichts sonst.

Der wartende Schreiber wie der Sensor eines EKG- oder EEG-Gerätes, bereit zur Übertragung der Aktionspotenziale, die Prüfung auf Herz und Hirn (die Nieren bleiben draußen).

Er hat mich kaum angefasst, wollte durchs Tor, er roch gut, dirigierte mich stumm, nicht direkt grob, eher überlegt, nicht höflich. Es gibt das Bild, von dem ich nicht weiß, ob es ihm ähnelt, und obgleich ich wie wahnsinnig daran zerrte, erinnere ich mich nicht, welche Art von Fahrrad er benutzte und auch nicht, welche Farbe es hatte.

Mein Gegenüber mustert mich aufmerksam, manchmal streift sein Blick das Rundbogenfenster, aber er kehrt stets zurück zu mir. Ein angenehmer Mann, einer, der keinen Korb erhält, wenn er zum Tanz auffordert (ich weiß nicht, warum ich es denke, vielleicht hatte ich kurz meinen Peiniger vor Augen), und die Zeiger der Uhren ziehen an, beschleunigen ihren Takt, entlassen den Gast zu früh für mein Empfinden.

Die DNA des männlichen Haares vom Tatort konnte noch niemandem zugeordnet werden, und dass er mit dem Fahrrad fuhr, lässt nicht unbedingt den Schluss zu, dass er in der Nähe ansässig ist. Wir melden uns, wenn es Erkenntnisse gibt, und damit gibt er mir eine Telefonnummer (seine?), sollte Ihnen noch etwas …

Merkwürdig (die Gesichter aller Männer in dem jedes Einzelnen), auch sein Gesicht schien mir bekannt, als er sich vorstellte, Matthias Rending, ich möchte keinen weiteren Wechsel mehr, ich will jetzt, dass er mich betreut, und als ich ihn darum bitte, sieht er plötzlich leidend aus.

15

Warum die scheinheilige Aufregung um eine Angst, so kurz wie der junge Teil eines Tages, wenn ich von Tieren weiß, zusammengepfercht in Käfigen oder Koben ohne Platz, ohne Liebe, ein Leid ohne Maß; oder von den Torturen der Tiere in den Versuchslaboratorien: die Schutzschilde für die humanen Eroberer vereint in einem Schrecken, den erst der Tod beendet, der fühllose Erlöser ohne Eile – ich befreite nicht ein einziges.

Die Versündigung des Menschen an den Tieren (von wem wohl stammt die Differenzierung?) ist unbeschreiblich und wird deshalb nur unzureichend beschrieben. Unsere Gattung, diese gierig fressende Rotte, die Abusus betreibt mit Tier und Natur (und die trotzdem ab und an Großes vollbringt), ist unersättlich. Das Recht, eine Instanz auf der Seite der Stärkeren, steht nur dem zur Verfügung, der unsere Sprache spricht und Anwälte bezahlt …

Er sagt nicht, Sie werden die Welt nicht retten, er

sagte auch nicht, ›Wie geht es ihnen damit?‹ oder ›Was macht das mit Ihnen?‹. Was können wir tun, sagt mein Psychiater, Dr. Klein, der eigentlich groß ist in vielerlei Hinsicht. Schreiben Sie darüber, Sie haben die Möglichkeit und genügend Leser, die ihre Worte nicht ignorieren, es ist ein durchorganisiertes und festes Gefüge, gegen das Sie zu Felde ziehen, aber Sie sind weder die Erste noch die Einzige, die sich daran stört, und Sie werden weder die Erste noch die Einzige sein, die einen Versuch unternimmt, etwas an der Lage dieser bedauernswerten Wesen zu verbessern. Jeder Versuch, sagt er, zählt. Der berühmte Tropfen, die Beständigkeit, der Wille nicht zu ermüden oder auf halber Strecke zu resignieren, Sie werden etwas erreichen. Verzweifeln Sie nicht an der Begrenztheit Ihrer Möglichkeiten, schöpfen Sie sie aus, aber bleiben Sie uns erhalten dabei, denn sonst nützen Sie niemandem …

Aber eigentlich wollten Sie mir heute etwas über Ihren Bruder erzählen, über Ihre Kindheit, bittet mein Psychiater mit einem Lächeln, und ich erinnere mich für ihn an unsere Garagenkämpfe gegen imaginäre Feinde, daran, dass Tom mit unglaublicher Präzision Bälle gegen die Hauswand katapultierte, mit gleichem Geschick abfing und auf seinen Fußrücken jonglierte, stundenlang und ohne Ermüdung (der Putz an entsprechender Stelle zeigte sie dagegen deutlich). Ich denke an die Kuh auf einem benachbarten Gehöft, die wütend über den Zaun setzte, nachdem wir vor ihrem Gitter provozierend gemuht hatten, ich erzähle von dem Rauch der Streichhölzer, den wir inhalierten und von den zwei Rheumatabletten unserer Großmutter, die einmal versuchsweise in unseren Mägen landeten (eine Mutprobe, die wir ohne Folgen bestanden) …

Was war mit Ihren Eltern?, fragt er mich später.

Unser Vater liebte Vögel, sage ich, und unsere Mutter Katzen.

16

Er sieht Efeu, das an der Fassade des Nachbargebäudes frisst, an den jüngeren Enden haben sich Blüten gebildet, die in kleinen Splittern sterben und zu Boden fallen. Letztes Himmelsrot in der Dunkelheit, purpurn erlöschend, sucht Deckung hinter den Zweigen der Kastanie. Er blickt zum Fenster, in dem für kurze Zeit ihre Silhouette erscheint: ihr dunkles Haar, in dem trotzdem das Licht wohnt, das Oval ihres Gesichts, ihre Augen, ihre Lippen, ihr Körper bis zur Taille. Erinnerung an einen Tag im Frühjahr, die Vögel kehrten aus ihren Winterquartieren zurück, die Sonne zog all ihre Kraft aus der Hoffnung …

Abend für Abend kehrt er wieder und bleibt, bis er sie sieht. Erst dann kann er gehen. Er verlor sie aus den Augen und fand sie erneut, kurz bevor sie die Wohnung der Freundin bezog.

Ein plötzlicher Windstoß zerrt an seinem Mantel und fährt in das Laub auf der Straße, eine wispernde Prozession wirbelt den Bordstein entlang und versammelt sich erneut zu scheuer Formation. Aromen kühl konservierten Lebens werden mit dem Wind transportiert wie ein Versprechen, das die Kindheit gab, gedankenlos und zuversichtlich, eine Erinnerung daran, die er mit all seinen Sinnen atmet. Abenteuer und Verheißung in harmonischer Symbiose, etwas wird kommen, etwas wird kommen, und man vergisst für Momente, dass es auch gehen kann.

Fünf Jahre lang lebte er mit einer Frau, die er liebte. Er war zufrieden und hatte die andere weitgehend vergessen können. Die Frau, die ihn einst schützte mit ihrem Leben und ihrem Leib – ein Traum, seine Frau dagegen Wirklichkeit. Aber es gibt kein Gesetz, das Glück zum Bleiben verpflichtet. Ihr passt nicht zusammen, hatte ihm jemand gesagt, und er hatte gelacht. Wir passen nicht zusammen, sagte später seine Frau und erwürgte sein Lachen.

17

Lisa, mein Liebling, und mein geliebter Tom, liebe Elisa, ich sehe es euch an, auch wenn ihr die Munteren gebt, die Zuversichtlichen, es geht euch nicht gut mit dem, was mir zugestoßen ist (auch so ein Ausdruck), es geht euch viel schlechter als mir, manchmal weine ich, aber mein Weinen bringt immer Erleichterung. So viele, die sich um mich kümmern wie um den Mittelpunkt der Welt, unzählige Trabanten, die mich umkreisen, es ist nichts. Denkt an die Tiere, mir geht es gut.

Sag, dass das nicht wahr ist (Katja am Telefon, morgens), und was sollte ich sagen, wenn ich nicht ständig erinnert würde, es ist tatsächlich kaum wahr, wird unwirklich wie eine meiner Geschichten, die ich erfand, meine Buchhelden und Antihelden, in die ich mich einlebe, die mir vertraut werden, ohne mich von ihrer Existenz zu überzeugen. Gedankengebilde, eindringlich und trotzdem flüchtig, ephemere Strukturen, kaum mehr. Sie muss sich nicht sorgen, ich meinte es ernst.

Wir haben Fotos von der letzten Lesung gesehen, Lisa hat sie gemacht, auf einem sieht es aus, als würde ich nach einem Fluchtweg suchen – wir bekommen Lachkrämpfe. Fotos von der letzten Lesung im wahren Sinne des Wortes, der Verlag wurde informiert über mein Erlebnis und hat mir weitere geplante erlassen. Das ist feinfühlig (unter dem Gewicht des verliehenen Buchpreises, verdient oder nicht, haben sich die üblichen Absatzprobleme aufgelöst), und ich erwische mich dabei, dass ich gedanklich eine Art von harlekinischem Purzelbaum schlage, eine kurze, wenn auch nur nachträgliche Dankbarkeit meinem Peiniger, oder wenn nicht ihm, so doch einer der Auswirkungen gegenüber: eine diebische Freude und Erleichterung. Inadäquat, schräg könnte ich wohl dazu sagen, aber es ist eine von zwei Seiten.

18

Eins, zwei, drei, vier. Vier Männer mit Gesichts- und Halsverletzungen, aufgereiht wie in einer Casting-Show in stummer, fiebriger Erwartung des Urteils, nur in umgekehrter Weise. Sie wünschen nicht, dass die Wahl auf sie fällt. Dazu meine Ambivalenz: Ich will, dass er gefunden wird und … ich bin dankbar, dass er nicht dabei ist. Der Abzählreim bleibt ohne Treffer. Die Nummer Eins ist ein furchteinflößender Mann, finster, würde ich sagen und denke, *meiner* sah nett dagegen aus, und denke, wie kann ich das denken, aber da habe ich es schon gedacht. Mit mir vor der Scheibe der rücksichtsvolle Polizist (Herr Teege), der mich damals zuerst befragte, und sein

Kollege (Strauß).

Ganz früh heute ein Anruf von Kurt, der mich verließ und nun besuchen will, von Telefon zu Telefon eine Brücke über verödetes Land. Du musst nicht kommen, habe ich freundlich gesagt, es geht mir gut, und ich war erschütternd ruhig …

Es war keiner von ihnen, sage ich, und während ich einen letzten Blick auf die nummerierte Entlastung werfe, habe ich plötzlich ein Bild, klar und hart wie Kristall, eine Sicherheit, die nicht vorhalten wird, aber diesen Moment trübt kein Zweifel.

Ein Damenfahrrad, sage ich, er benutzte ein Damenfahrrad, es hatte keine Querstange, sagen Sie es bitte auch Herrn Rending.

Herrn Rending?, sagt Herr Strauß, aber Herr Teege gibt ihm ein Zeichen.

19

Die Raben auf dem Gehweg plagen sich humpelnd mit Walnüssen ab, die ich ausgelegt habe, manchmal fliegen sie auf, um sie beim Abwurf zu spalten. Sehen sie ein Auto kommen, wird die Nuss auf der Straße platziert – Reifen werden zu Werkzeugen. Vorsichtig, scheu, aber neugierig wird daraufhin das Ergebnis geprüft.

Auf meinen Handrücken wirbelt ein Sonnenmosaik, Frostradierungen an den Scheiben blühen in stumpf-kristallinem Glanz. Das Zweitonmuster einer fernen Sirene dringt zu mir, ich wechsle zum anderen Fenster. Am gegenüberliegenden Ufer des Sees sehe ich Polizeiautos und einen Krankenwagen der Feuerwehr, ein Bild, das sich hier in Abständen wiederholt, ich stehe wie versteinert; Baden im November – ein Mutiger oder ein Müder, ich kann keine Anziehsachen auf dem Hang entdecken. Dann zwei Taucher, die Zeichen geben, kurz darauf wird ein Mensch geborgen, ein jüngerer Mann, denke ich, aber von hier aus kann ich es nicht sicher sehen. Das Gesicht, dem See zugewandt, wird von Haaren verdeckt, die zusammen mit der Kleidung Wasser entlassen. Mit konzentrisch-unruhigen Kreisen, die ihre Nachricht in die Nachbarschaft übertragen, markiert der See die Fundstelle. Ein Müder, denke ich, oder ein Opfer, oder beides, ich wende mich ab. Nicht grübeln, befehle ich mir, aber das ist nicht so leicht. Mutter und Vater, die weinen werden oder schon tot sind, vielleicht weint eine Freundin oder seine Frau, oder beide. Und Kinder. Leben, das durch die Finger rinnt wie Sand in einer Sanduhr, nicht ertragen und beendet …

Herrn Rending?, fragte Herr Strauß mit hörbarer Überraschung, aber Herr Teege gab ihm ein Zeichen.

Ich will nicht mehr denken.

Oder doch, an Katja, die ich hier oft besuchte, an

unsere Gespräche, an ihr komödiantisches Talent, an ihre Manie, dem Metallgeländer des Treppenhauses mit der Spitze ihres Schirmes wahnwitzige Klänge zu entlocken und damit Herrn Dix aus seiner Deckung zu holen. Herrn Dix will ich lassen, wo er ist, aber ich werde bei Rita klingeln.

20

Eine tiefgrüne Wiese, darauf weiße Schafe mit schwarzen Köpfen, in geometrischer Formation um die älteren Tiere liegen Lämmer in der Sonne voller Wohlbehagen. Ein Tag Ende April, nicht einmal zwei Jahre her, es war der Dreißigste, wir besuchten Freunde in Hamburg. Das nächste Bild zeigt ein Storchennest samt Insassen, abgelichtet auf einem unserer Streifzüge durch das Umland. Dann das Hotelzimmer mit Blick auf die Elbe, vor dem Fenster zwei Silhouetten, unscharf im Gegenlicht, wie in Nebel gefasst, kurz vor der Auflösung: Kurt und Dirk.

Dirk. Ein harter Verhandler in geschäftlichen Dingen, großherzig und weich gegenüber Freunden und Tieren. Ich entsinne mich an einen seiner Berichte – eine Kuh auf einer Wiese, die in einen Graben rutschte und bis zum Hals im Wasser verschwand:

Ich rufe also die 112 an, sagte er, und das einzige Rindvieh auf der Wiese bin ich, als die Feuerwehr eintrifft – die Kuh hatte sich selbst befreit und war davongetrottet.

Sein Herz, sagte Tanja heute weinend, und mein Telefonhörer wurde zur Granate, die detonierte, bevor ich sie wegwerfen konnte …

Wir müssen uns trennen, manchmal im Leben und immer im Tod, und niemand weiß vorher, wer der ist, der weint, und wer der ist, der alles hinter sich hat. Was ist das für ein Jahr. Meine arme Tanja, denke ich, und kann nicht begreifen, dass auf den Bildern noch immer und unbeeindruckt die Sonne scheint.

21

Was hat Strauß gesagt?

Eher wenig. Wieso ich Interna weitergäbe, wollte er wissen. Ich sagte, wir kennen sie von ihren Lesungen und, mit einer Art Augenzwinkern … Amtshilfe, du verstehst. Er hat die Kröte geschluckt, glaube ich, wenn auch ohne Appetit. Geantwortet hat er mir nicht, nur den Kopf geschüttelt.

Ihr solltet die Haare auf Substanzen untersuchen lassen. Eines war auch auf ihrer Jacke, sagst du?

Er fuhr mit einem Damenfahrrad, das muss nichts heißen, kann aber sein, er ist krank, muss Medikamente nehmen. Möglich, dass sich der Kreis noch verkleinern lässt.

Du kannst recht haben, Mats, ich werde es veranlassen. Nimm dich etwas zurück in nächster Zeit, weißt du, ich will keinen Ärger mit Strauß …

Zweierlei Dinge denkt Robert Teege, als er sich auf den Heimweg macht, einmal, dass er die Bücher lesen wird, die Mats Rending ihm lieh, und zweitens, dass der Gedanke an eine Haaranalyse ihn ebenfalls beschäftigt hatte, ein Gedanke, den er für erwägenswert hielt, konfisziert von seinem Freund, der ihn an seiner Stelle äußerte. Ein Gefühl wie in der Grundschule, er kennt die Antwort auf eine Frage, aber ein anderer ist schneller. Ein kleiner Kratzer am Ehrgeiz, aber ihr Respekt voreinander ist gegenseitig und die Schulzeit vorbei. Er schlägt den Mantelkragen hoch, Nieselregen frisst sich durch alle Hüllen, November, denkt er, scheußlich, bald Weihnachten, denkt er, noch schlimmer.

22

Hochüberwölbt der Hallenhimmel, braunbrettig versiegelt, längs über mir eine der langen Stützstreben, ich stehe auf und korrigiere meine Position, ziehe meine Unterlage zur Seite. Mein Sicherheitsdenken ist lächerlich, ich möchte nicht unter der Strebe liegen, obwohl mir klar ist, dass nicht dieser, sondern ein anderer Himmel über mir einstürzte.

Fünfzehn Matten, fünfzehn Frauen im Raum verteilt, wir verstehen uns gut, keine fällt aus dem Rahmen, und ich fühle mich wohl ohne Strebe über mir. Bei den Übungen in Bauchlage schummele ich, ich bin sehr gelenkig und ich bin faul, und manchmal, mit einem Seitenblick und bei bestimmten Anforderungen kann ich sehen, dass fast jede von uns die Anweisungen des Tonträgers anders interpretiert. Wie eine Gruppe von Seh- und Hörbehinderten ignorieren unsere Sinne zuweilen sämtliche Signale oder deuten sie falsch. Dieser Anblick stimmt mich heiter, Lachen steigt in mir auf wie der Strahl einer Fontäne, einige stecke ich an.

Einmal pro Woche freue ich mich auf die Zusammenkunft, auf meine hilfsbereiten und humorvollen Mitstreiter im Kampf gegen das Ermüden, sogar das Aufräumen, das die Stunde beendet, ist von Fröhlichkeit begleitet.

Sie müssen unter Menschen, sagte mein Psychiater, und so verdanke ich diesen Glücksfall also ihm, wie ich ihm auch einiges mehr verdanke. Ihm und meinen weiteren Begleitern. Dr. Klein, Herr Teege und Herr Rending – wie Heilerde auf der einstigen Läsion, Männer, denen ich vertraue, die meinen einstigen Schrecken mildern, stellvertretend für die gesamte Spezies.

Anfang Dezember, vier Uhr dreißig am Nachmittag, ein regnerischer Tag, es ist fast dunkel, als ich nach Hause gehe. Die Angst kommt unangemeldet und plötzlich, unbegründet oder nicht, ich will es nicht entscheiden, beschleunige meinen Schritt. Die stille Straße, freundlich bei Tag, feindlich in der Dunkelheit, zählt mit höhnischem Echo die Schritte. Es war ein Gedanke, der Gedanke an die Briefkästen, mir fiel etwas ein oder auf – keine Blumen mehr seit … genau, seitdem. Das kann alles oder nichts bedeuten, aber es erschreckt mich plötzlich.

Endlich, der Eingang meines Hauses, dankbar und erleichtert schließe ich auf und ernte erneut das kantige Schweigen der eckigen Behältnisse.

23

Dirk in einem Meer aus Blumen, der traurige Winterfrühling hielt Einzug, auf einem Bild sein Lächeln, freundlich, beinahe zuversichtlich, konserviert hinter Glas. In der vorderen Reihe Tanja, tapfer um Haltung bemüht, trotz der vielen Freunde neben und hinter ihr ist sie einsam. Feierliche Musik begleitet unsere Trauer, zwei sehr angenehme Männer halten nacheinander bewegende und trostreiche Reden. Als aber die Träger den Sarg aufnehmen, ist es, als würde Dirk uns ein weiteres Mal verlassen, unwiderruflich und unerbittlich. Der kleine Stoffhund, der am Fuße wachte, bleibt ratlos zurück.

Wir müssen uns trennen, manchmal im Leben, aber immer im Tod. Uns blieb keine Zeit, gemeinsam zu klagen, der Bote aus dem Reich der Schatten kam überraschend und erhielt seine Forderung ohne Verzug, und es ist Dirk, der alles hinter sich hat, und wir sind die, die weinen.

24

Die Schöpfung, wie sie die Kirche versteht, ich dachte, die Tiere gehörten dazu. Dirks Hund, den er über alles liebte, der auch die ersten Stunden seines Todes bewachte, fehlte während der Trauerfeier und ebenso während der Beisetzung. Ein Teil der Schöpfung erhält keinen Zutritt zu einer Begegnungsstätte, die eine gemeinsame sein sollte und es nicht ist. Mit Ausnahme eines Turmfalken, der sich verflogen hatte, sah ich niemals Tiere in den stillen Hallen der Gnade; die Ausnahme bilden die hölzernen des Krippenspiels und jene auf Wand- und Deckenmalerei …

Die empörende Überheblichkeit und Anmaßung unserer Gattung beschäftigt mich während meiner letzten Sitzung, es ist die zehnte, und ich habe mich entschieden, nicht zu verlängern. Thema verfehlt, denke ich, – auch wenn mich mein Psychiater nicht unterbricht, kann ich sehen, dass ihn andere Fragen heute dringlicher beschäftigen.

Er sagt am Ende nicht, Sie können sich jederzeit melden, wenn … Er bittet mich stattdessen darum, und dass meine bildhaften und zugleich knappen Schilderungen (nicht die der Gewalterfahrung) ihm fehlen werden, stimmt mich beinahe fröhlich. Wir müssen uns trennen, oftmals bei beiderseits erhaltenem Leben, und ich suche nach Worten (bildreich und knapp), die ihm zeigen, dass es mir auch in diesem Fall schwer wird.

25

Nach endlosen Nieseltagen endlich Sonne, Zuversicht wohnt auf jedem ihrer Strahlen. Meine Tochter Lisa, ihr Freund Stefan und mein Bruder Tom waren bei mir, sie sind noch immer besorgt, und während ich zu beweisen versuchte, dass es mir gut geht, wusste ich, dass ich unglaubwürdig klang in diesem Bemühen. Vielleicht, weil ich mich bemühte. Dabei ist es wahr. Ich habe mein Brötchen mit Appetit gegessen, der Duft des Kaffees transportierte Wohlbehagen, seit Tagen fühle ich keine Übelkeit mehr. Die Erinnerung an die Stunden im Wald ist wach, aber sie hält mich nicht mehr umklammert. Manchmal sehe ich Licht, das durch Blätter fällt, die Bäume, zu stummen Zeugen bestellt, das Pedal seines Rades verhakt in meinem Vorderrad, das unwirtliche Lager des Waldbodens, ich fühle die Beseitigung des Schlosses, die endlos konservierte Angst und dann: das Überwinden der Stadttore, das rhythmische Zerteilen der Zeit, mein starres Erstaunen, dass all dies mir geschieht. Ich höre Musik mit blechernem Hohn, die das Geschehen begleitet, das man besser nicht geschehen lässt (in die Augen stechen, schreien, ins Gesicht treten – ich tat nichts dergleichen). Erst später, als ich glaubte, er müsse mich töten, hatte ich Kraft.

Er ist ein Vergewaltiger (so ein Wort), aber er ist auch Sohn einer Mutter, die ihn liebt, die ihn einst mit Mütze, Schal und Jacke gegen die Kälte schützte, die ihn nährte, an der Hand hielt und aus diesem Grunde entsetzt sein wird über sein Tun, oder die schon immer für ihn fürchtete. Oder eine Mutter, die ihn nicht liebt, beides kann ich mir vorstellen. Komisch, er roch gut, befehligte mich stumm, nicht direkt grob, eher überlegt, nicht höflich. Ich wollte, dass er tot ist, und ich wollte, dass er lebt, manchmal frisst Hass an mir und ich möchte Vergeltung, an anderen Tagen tut er mir leid.

Aber immer und unbedingt bleibt eine Frage mir und ich will Antwort darauf. Ein Ja oder ein Nein, das darüber entscheidet, ob ich Frieden schließen kann oder nicht.

Da ist kein Tod, der seine Schuld tilgte, aber wäre es meiner gewesen, hätte ich mich nicht zur Wehr gesetzt? Ich muss es wissen, sage ich mir. Doch besser nicht, sagt mein Verstand.

26

Nur selten erkennt man mich auf der Straße und selbst wenn, erbittet ebenso selten jemand ein Autogramm. Darüber bin ich froh, aber heute, ich sitze mit Tom und Elisa im Café, erfülle ich einem freundlichen Herrn den Wunsch in der Hoffnung, dass niemand sonst Notiz davon nimmt. Außerdem gratuliert er mir zu dem Preis, dessen Name ihm entfällt, als er ihn aussprechen will. Die Hufeland-Medaille, sagt mein Bruder eilfertig, und wir lachen zu viert. Der immer spontane und urkomische Humor meines Bruders, ich beneide ihn darum und bewundere ihn dafür. Sein Talent, auch in misslichsten Situationen die komische Seite zu entdecken und sie in treffend oder aber abwegig prägnantes Vokabular zu verpacken, macht neben der Hilfsbereitschaft seine Gesellschaft angenehm und anregend.

Den Heimweg treten wir gemeinsam an (heute kein Springspiel über Pfützen), Dezembersonne, die Bäume stumm in frostigem Spalier, ich freue mich auf meine Wohnung und die Wärme darin, auf die Kastanie vorm Haus, die mir so vertraut ist, auf den See, der vor den Fenstern ruht, auf das Buch, das ich lese (nicht meines), auf das Buch, das ich vielleicht schreiben werde, die ersten Worte: Sie war eine jener Frauen, bei deren Erscheinen … *Das Rot der Aubergine*: vielleicht eine tragische Geschichte, ich weiß nicht, ob ich etwas schreiben kann über

Beziehungen nach dieser einen lieblosen, die mich verfolgt. Darüber, dessen bin ich sicher, werde ich niemals schreiben.

Ich habe keine Lust mehr auf die Wohnungsreinigung.

Der Nachmittag, eben noch sonnig, wurde von Dunkelheit überfallen, der explosive Stern hat sich ergeben und sucht mit rotglühendem Zorn Schutz hinter der niedrigen Tür des Horizonts. Er wird abgelöst durch Laternen und die vorweihnachtliche Lichterflut, und ich habe wieder das Heftchen in der Hand, ich fand es beim Aufräumen am Vormittag, eine Geschichte, die Lisa schrieb mit neun Jahren, ihr erstes Buch sozusagen. Sie verwendete gern Worte, die ihr gefielen, nur ihres Klanges wegen, deshalb reitet nach ihrer Beschreibung eine Zigeunerin durch die skandinavische Savanne – ich muss lächeln, weder die Topografie noch irgendetwas sonst stimmt mit realen Wahrscheinlichkeiten überein, aber die Erzählung ist in einer wunderbar melodischen Sprache verfasst und spannend erzählt. Vielleicht wäre Lisa die bessere Schriftstellerin geworden, ich nehme es an, aber sie hat sich für die Physiotherapie entschieden wie ich einst (bevor ich zu schreiben begann), hier beherrscht sie die Topografie perfekt, die Anatomie, die Physiologie …

Ich gehe zum Fenster, lege das Heftchen auf die Heizungsverkleidung, die Zweige der Kastanie heben sich nur wenig ab gegen den dunklen Himmel, auf der Straße sehe ich eine Person, eine Kapuze verdeckt Kopf und Gesichtszüge, jemand steht völlig unbeweglich und fernab der Laterne, es sieht aus, als würde er zu meinem Fenster blicken, aber ich kann nicht sicher sein.

Ich stehe wie erstarrt, die Augen auf einen Punkt fixiert, aber das Bild wird nicht schärfer. Ich wende mich ab, verstaue Lisas Heft im Sekretär, kehre zurück, aber die Person ist verschwunden.

27

Es war mir unmöglich, mich zur Wehr zu setzen, zuerst zuzuschlagen, obwohl über seine Absicht kein Zweifel bestand. Nie habe ich jemanden körperlich angegriffen. Hemmung und Angst, vielleicht doch im Irrtum zu sein (trotz der klar definierten Gewissheit, dass mir Furchtbares widerfahren würde), machten mich handlungsunfähig. Nicht einmal an Flucht habe ich vordem zu denken gewagt. Aus Angst, sie könne erfolglos bleiben, oder aber ich war um meine Würde besorgt. Vielleicht dachte ich auch, mein Weglaufen würde die Gefahr erst heraufbeschwören und aus einem noch ungewissen Ausgang einen verhängnisvollen kreieren.

Dass er verhängnisvoll sein würde, wusste ich etwas später genau – und reagierte wiederum nicht.

Wie ein Lamm folgte ich ihm ins Unterholz, eine seiner Hände an einem meiner Arme, ein Griff ohne besondere Festigkeit und doch eine feste Verbindung; ein Wille, der einen Gegenwillen bezwang, ohne Kampf und ohne Getöse.

Es klingt beinahe unglaubwürdig, er musste die Handlung vollziehen und mir damit das Recht einräumen, mich auf diese Weise zu wehren, aber selbst dann noch …

Sie müssen es mir nicht erklären, ich glaube Ihnen, was Sie sagen. Ich verstehe auch Ihre Hemmung, sich gewaltsam zu befreien, da dies voraussetzte, dass er dabei k.o. gehen müsste, wenn ich es so ausdrücken darf. Anderenfalls hätte es Ihre Lage nur verschlimmert …

Was aber die Blumen in Ihrem Briefkasten betrifft, das kann tatsächlich alles oder nichts bedeuten, ich denke aber nicht, dass es Ihr Peiniger war, das widerspräche allen Wahrscheinlichkeiten. Jemand, der sich für Sie interessiert auf diese Weise – Nachrichten verbreiten sich schnell, er wird Angst haben vor Unannehmlichkeiten und er wird erkennen, dass eine Fortsetzung seiner Aufmerksamkeiten unpassend ist im Moment, nehme ich an. Glauben Sie mir, dieser Mann verehrt Sie, der andere hat Sie brutal begehrt.

Als Herr Robert Teege sich erhebt, sagt er mir noch etwas, über das ich lange nachdenken werde. Ich bin verwirrt und zugleich fühle ich mich geehrt?, geschmeichelt?, froh?, dass mir und meiner

Schweigsamkeit ein so großes Vertrauen entgegengebracht wird.

Ich sollte erwähnen, dass es Tage gibt oder Stunden, die alles Erlittene vergessen machen.

28

Herr Matthias Rending (Mats, wie Herr Teege sagte, bevor er sich korrigierte) wird mich über das Ergebnis der Haaranalyse informieren. Ich werde ein Wissen teilen, das ich vorerst weder weitergeben noch bestätigen darf, wie auch der Überbringer desselben nicht erwähnt werden soll. Das habe ich verstanden, glaube ich.

Haare ähneln einem Notizbuch. Sie wachsen in einer bestimmten Zeit etwa eine bestimmte Anzahl von Millimetern. Substanzen, die sich im Körper befinden, werden gespeichert und können deshalb und aufgrund des vorhersehbaren Wachstums der Haare ziemlich exakt berechnet und ihr Vorkommen im Körper einem bestimmbaren Zeitpunkt zugeordnet werden. Bei Ihrem vermutlichen Peiniger finden sich eine Anreicherung harnpflichtiger Substanzen, dazu eine Verschiebung des Säure-Basen-Haushalts, ein Eisenmangel, Elektrolytmangel und Hinweise für weitere Stoffwechselstörungen und Wirkstoffe, die für eine Niereninsuffizienz und deren Behandlung sprechen. Genau gesagt passen die Ergebnisse zu einem Dialysepatienten, zu jemandem, der sein Blut mindestens zwei bis drei Mal wöchentlich von schädlichen Substanzen des Stoffwechsels reinigen lassen muss. Da hierbei nicht nur die unerwünschten Stoffe eliminiert werden, sondern teilweise auch andere, kommt es zu weiteren Balancestörungen. Sollte sich dazu noch eine ehemalige Gesichts- oder Halsverletzung gesellen, haben wir gute Chancen, ihn zu finden.

Matthias Rending mir gegenüber, das Gesagte setzt sich langsam – der Fisch ist am Haken, sollte man meinen (und schon denke ich an Fische, die Angelhaken durchs Maul gespießt im sogenannt günstigen Fall – im anderen … oder an Fische, aus Netzen entlassen auf plankige Schiffsdecks, wo sie zuhauf ersticken – was für eine Grausamkeit). Aufregung erfasst mich aus zweierlei Grund … Gerechtigkeit, ein Glücksfall, in der Regel aber Unrecht gegen diejenigen, die unsere Sprache nicht sprechen und keine Anwälte bezahlen – wir sollten Respekt haben vor jedem Wesen, das sich eine kurze oder lange Zeit durchs Leben müht, wir sollten …

Aber jetzt geht es um den Dialysierten, der mich paralysierte. Es ist immer das Gleiche, ich will, dass man ihn findet, und ich will, dass er verschwunden bleibt.

Er ist also krank, denke ich, und dabei fällt mir

nicht ein, wo ich gehört hatte, dass Patienten nach der Blutreinigung, vielleicht, weil es ihnen plötzlich besser geht, mitunter ein starkes spezifisches Verlangen verspüren. Mich verlangt es nach Ruhe oder besser nach Schutz, und ich habe das Gefühl, genau diesen zu genießen.

Es ist wie ein Déjà-vu, Matthias Rending, der mir gegenübersitzt, hin und wieder streift sein Blick das Rundbogenfenster, vielleicht sieht er zur Kastanie, kehrt aber immer zu mir zurück, aufmerksam, ernst. Er trägt Jeans und einen Shirtpullover, er ist kein Mann, der einen Korb erhält, wenn er zum Tanz auffordert (ich weiß, warum ich das denke), und wenn er aufstehen wird, um seinen Mantel zu holen, wird er mich um vieles überragen.

Und wegen des Mannes in der Nähe Ihres Hauses, Frau Liden, sagt er – es kann jemand von Roberts Truppe gewesen sein, selbstverständlich dehnen sie die Ermittlungen auch auf Ihr Umfeld aus, machen Sie sich bitte keine Sorgen …

29

Das Labyrinth unserer Kindheit, ich blättere ziellos in den Alben, die ersten Bilder noch kleine Quadrate, schwarz-weiß mit fransigen Ecken, Tom und ich, Tom und ich, Tom und ich, Tom und ich beim Fasching: Er Cowboy, ich Prinzessin – aber ich bin es, die ihm die Hand küsst; meist sind wir im Garten, manchmal vor dem Haus, im Hintergrund die Garage, von der aus wir gegen das Böse zu Felde zogen. Manchmal sind unsere Eltern zu sehen, unser Vater, der uns abends am Bett Lieder sang und mit dem Banjo begleitete. Unsere Mutter erkannten wir oft am Klang ihrer Pfennigabsätze auf dem Trottoir, wenn sie nach Hause kam, komisch, dass derlei Dinge den ersten Platz in der Erinnerung einnehmen. Auf einem Bild unsere Großmutter mit dem gütigen Gesicht, die im Sommer mit dem ersten Tageslicht im Garten zu finden war, später am Tag hörten wir sie manchmal im Gespräch mit einer Nachbarin. Zum Frühstück gab es Mehlsuppe, ich wünschte sie mir und Tom fügte sich meist. Oder er aß sie auch gern, ich weiß nicht mehr genau. Ich entsinne mich, dass Tom und ich eine Katze von einem der Nachbarhöfe stahlen, um sie unserer Großmutter zu schenken. Wir dachten, ein Geschenk könne sie nicht zurückweisen, denn der Wunsch, eine Katze zu besitzen, war unserer. Wir sperrten sie in die Garage und zogen den Schlüssel ab, den unser Vater am Morgen suchte. Unser Plan mit der Selbstschenkung ging nicht auf.

Auf späteren Bildern Tom und ich nur selten noch gemeinsam, das Umfeld änderte sich. Sveja allein oder nicht allein in anderen Städten, die ersten Jahre mit meiner Mutter in den Personalunterkünften von Nervenkliniken, sie arbeitete dort, und mir schien es zu dieser Zeit, als sei die Welt ein Sammelbecken für Sonderlinge.

Erst in Potsdam fand ich mein zweites Zuhause. Die Lage grün und von Wasser umgeben (stolze Villen mit bröckelndem Substanzverlust zeugten trotz allem von ihrer einstigen Pracht, die Schlösser waren in besserem Zustand), hatte diese Stadt etwas Erhabenes und sie erhob sich über meine Abwehr und meine Zweifel, später auch über jene meines Bruders. Jetzt sind fast alle Gebäude saniert, die Stadt übt auf Einheimische und Fremde große Anziehung aus, und es wundert mich nicht, dass sie mehr und mehr Fremde zu Einheimischen macht.

Ein späteres Bild zeigt uns bei meiner Jugendweihe, Tom hier noch kleiner als ich (er wird mich bald überholen), ich in kurzem Glitzerkleid (das Oberteil eines Hosenanzugs meiner Mutter) und langen Drahtbeinen, stehen wir lächelnd beieinander. Unsere Kindheit so nah und doch schon fern. Ich stehe auf, schließe die Alben und gehe zu einem der Fenster. Der See wirft Blasen, so als wären alle Fische zugleich an die Oberfläche gekommen, um Luft zu entlassen, es regnet stark, und ich genieße die Vorfreude auf den Tee mit Honig, den ich mir machen werde, und vielleicht esse ich Kekse dazu, die Rita für mich gebacken hat.

30

Weihnachten und Neujahr verbrachte ich bei Katja. Ich bin auf dem Rückweg und erinnere mich an die Schulzeit, die wir aufleben ließen, an unsere Manie, keinen Tag ohne Abenteuer vergehen zu lassen. Wir waren liebenswerte und zugleich schreckliche Mädchen, glaube ich.

Höflich gegen Lehrer und Mitschüler, versuchten wir trotz allem, das starre Gefüge der Regeln aufzubrechen. Wir stahlen Bonbons (schon der erste Streifzug ging schief), schrieben Einladungen an die Fachlehrer, baten sie zu Kongressen, die nicht stattfanden, um Unterricht ausfallen zu lassen (auch diese Pläne, offenbar leicht zu durchschauen, gingen nicht auf), nicht eine einzige Stunde fiel unserer angenommenen und offenbar überschätzten Genialität zum Opfer. Wir ließen die Schilfverkleidung, die die Schulmülltonnen verbarg, in Flammen aufgehen. Amüsierten uns darüber, dass unsere Eltern uns gegenseitig vom Umgang miteinander abrieten, dabei hielten die jeweiligen Eltern das eigene Kind für das verführte. Mit Katja an der Seite fühlte ich mich unbezwingbar, sie verführte mich tatsächlich und immer zum Lachen. Ihr kabarettistisches Talent glich dem meines Bruders, vielleicht ersetzte sie ihn mir in gewisser Weise.

Die neue Stadt hat Katja verändert, so scheint es, sie wirkte gedämpfter, auch wenn wir viel lachten. In Momenten, in denen sie sich unbeobachtet wähnte, wirkte sie traurig oder enttäuscht, womöglich beides, ich kann es nicht genau sagen. Meiner Frage danach wich sie aus. Eine glücklose Liebe vielleicht, früher hätten wir darüber gesprochen, möglicherweise hielt sie es zu der Zeit für unpassend, mir von Sorgen zu erzählen. Oder aber sie brauchte Raum für eine eigene Analyse, und wir würden später am Telefon darüber sprechen, manches sagt sich leichter ohne Blickkontakt, ich kenne es von eigenen Befindlichkeiten, mitunter möchte man für Gesprochenes nur Zuhörer, keine Beobachter.

Vielleicht mag sie die Stadt nicht, sie hing wie ich an Potsdam und ging schweren Herzens, ich dachte, auch meinetwegen. Etwas davon finde ich in ihrer neuen Wohnung oder ich finde es nicht, sie gefällt mir, transportiert aber nicht die gleiche Wärme und Gemütlichkeit, wie es die Potsdamer Wohnung tat. Vielleicht täusche ich mich aber, denn ich hatte mit Bestimmtheit und an exponierter Stelle die gleiche Heizungsverkleidung samt Apfelschale und Blumen wiederzufinden gedacht und erwartet. Die Erwartung erfüllte sich nicht.

Potsdam empfängt mich mit warmer Geste, als ich ankomme, immer bin ich froh, wenn ich heimkehre. Im Frühling kommt Katja hierher, so ist es besprochen, und ich beginne Pläne zu schmieden – keine Brandstiftung, kein Diebstahl, keine Irreführung –, uns wird nichts Aufregenderes, sondern eher Harmloses einfallen, doch inzwischen sind wir zufrieden damit.

Die Garagentür wie auch die Haustür klemmen, so als sei ich nicht willkommen, die große Tasche macht ein schleifendes Geräusch an jeder Treppenstufe, während ich sie hinaufbugsiere, ich passiere die Wende – und sehe Kurt, angelehnt an meine Wohnungstür.

31

Kurt, mein Lieber, mein einstiger Verbündeter und noch immer Vertrauter, wir hätten in abgestimmter Behaglichkeit zusammen alt werden können, es war keine unangenehme Vorstellung. Wir vertrugen uns meist, hatten gemeinsame Interessen, wussten ohne Worte, wie der jeweils andere denkt, manchmal stritten wir erbittert: eine normale Ehe, würde ich sagen.

Inzwischen sind wir durch fremde Räume gewandelt, doch ich erkenne vertraute Seiten: deine Art, dich beim Sprechen nach vorn zu beugen, während deine Augen in die Ferne schweifen – kein Zeichen von Unehrlichkeit, du überlegst und fischst Visionen vom Himmel –, dann wieder ist dein Blick direkt und ich werde es sein, die ihm standhält. Du bist so schön, ich liebe dich, ich werde dich nie verlassen, Worte, die du für mich aufbewahrtest wie einen Text, den man wiederholt, ohne ihn noch zu übersetzen, Worte, die du inzwischen der anderen sagst, vielleicht, ich bin sicher, du sagst sie mit ähnlicher Überzeugung.

Es gab Dinge, die uns aneinander störten: Du lachtest zu laut in Gesellschaft, und ich schminkte mich, wenn ich ausging, es gab manchmal kleine Gefechte zwischen uns, ausgetragen mit spitzen Worten, aber nichts, was zwangsläufig nach Trennung verlangte.

Du bist der Gleiche und du bist es nicht, ich sehe Veränderungen, eine Art von Niedergeschlagenheit, Eifersucht oder Reue und zugleich Mitleid mit mir wegen des teilnahmslosen Bündels Licht, das ein Geschehen beleuchtete, das ich besser nicht geschehen lassen hätte, ich will darüber nichts sagen, nicht zu dir.

Ich erzählte es dem Psychiater, Herrn Dr. Klein, bis meine Empörung die Trauer und den Schock besiegte, ich umschrieb es der Gynäkologin, die mich noch vor ihrer Untersuchung mit Diazepam erlöste, ich sprach voller Vertrauen und mit nur geringer Scham zu Herrn Teege, und ich wiederholte es gegenüber Herrn Rending viele Male, da war ich schon ruhiger, nur für dich will ich das Bild nicht erneuern.

Und während du dort sitzt, Kurt, unsicher, ob du bleiben oder gehen solltest, hält eine traurige Gewissheit Einzug: Ich wünsche die Umkehr nicht mehr, ich will nicht, dass du zurückkommst. Ich habe zu Grabe getragen, was ich so lange am Leben hielt für den Fall … für alle Fälle. Nicht übermäßig sehnsüchtig, denn Sehnsucht kommt von Sehnen, und der zweite Teil des Wortes steht für ein unstillbares Verlangen, das nicht meines war. Irgendwann war es so, als stünde eine Tasse oder ein Teller am falschen Ort und außerhalb des Schrankes – aus Gewohnheit und mit moderater Befriedigung (aber ohne dringliches Bedürfnis), stellt man das Objekt zurück an die gewohnte Stelle, der Ordnung halber.

Manchmal war ich erfüllt von vagen Hoffnungen und ich bin erfüllt von neuen, die ich nicht klar benennen kann, aber ich bin besetzt, negativ oder positiv, so oder so, zwischen Schwarz und Weiß der riesige Raum, aber es wird kaum einer mehr sein mit dir darin.

Und als ich das denke, fällt mein Blick auf das Pfefferkuchenhaus, das von Weihnachten blieb; eines schenkte ich Rita, das andere mir, ein Stück Kindheitszauber, unversehrte Gemütlichkeit, die das Fest überstand; dunkles Lebkuchenfachwerk, darüber das Dach, weiß bepudert die hellen Baiserschindeln, und ich empfinde eine unbändige

Lust hineinzubeißen in die weiße Verlockung, mich zurückzulehnen, allein, und zu essen, bis mir übel wird.

32

Im Januar schon eine Ahnung von Frühling, die Bäume der Thujahecke in regem Gespräch miteinander, durch den Wind in lebhafte Gesten verstrickt. Knospen an der Wildkirsche, den Azaleen und dem Flieder; aus der sich öffnenden Erde der Duft von erneuertem Leben, ein Trugschluss, der durch kommenden Schnee korrigiert werden wird.

Ein Tag entgegen der Zeit, beflügelt von Zuversicht, deshalb fand ich den Mut. Ich habe Fotos vor mir, die ich mit anderen Augen sehe, Fotos, die Lisa machte von den Lesungen. Mich trieb eine Neugier der unangenehmen Art, die fixe Idee, meinen Peiniger unter den Zuhörenden zu entdecken.

Verschiedene Auditorien, verschiedene Umgebungen, viele Gesichter, teils nachdenklich, manche in bedeutungsvoller Pose und im Bewusstsein der eigenen Wichtigkeit; kollektive Aufmerksamkeit, Zustimmung, vereinzelt Wohlwollen. Zweimal Mats Rending, den ich erst sehe, nachdem ich ihn kennenlernte, und einmal jemand, der mir ebenfalls bekannt vorkommt. Ein Mann, der mir auffällt, ich komme nicht darauf, wo er mir bereits begegnete, er ist mir sympathisch und eine Zeit lang bemühe ich vergeblich meine Erinnerungszentrale. Sein Blick, der offenbar mir gilt, erringt meine Aufmerksamkeit, er straft jede Versicherung bloßer Zuhörerschaft Lügen. Es ist ein Blick, wie man ihn unter Verliebten tauscht, und doch erhielt er nicht meinen.

Verschiedene Auditorien, verschiedene Umgebungen, einige der Gesichter sind undeutlich und verwaschen. Zahlreiche Bilder mit vielen Menschen, aber den Mann, den ich zu finden fürchtete, beherbergen sie nicht.

33

Das Bild, auf dem ich ihn schließlich erkenne, befindet sich nicht unter den Fotos der Lesungen, es stammt aus dem Polizeiregister. Kriminaltechnisch, nach Indizien, ist der Mann darauf bereits überführt. Ich begreife, jetzt kommt es auf mich an.

Ich bin nicht sicher, sage ich, obwohl mein Gesicht für Momente Verrat begangen hat an mir.

Nehmen Sie sich Zeit, sagt Robert Teege mit Nachsicht in der Stimme, Sie müssen ihn kaum mehr fürchten, es ist nicht ausgeschlossen, dass er stirbt, er ist sehr krank, wissen Sie …

Ich verstehe, dass er den Januar kaum überleben wird und denke, vielleicht ist er wegen der Verletzung, die ihn verdächtig gemacht hätte, nicht zu den Dialysen erschienen, ich will nicht fragen, denn ich will nicht zur Schuldigen werden. Und ich weiß, dass Robert Teege es nicht sagt aus dem gleichen Grund.

Das Bild; ich sehe die Augen, die mich mit kühlem Blick taxierten, seine Haut, die über dem glatten Batist seines Hemdkragens den Kampf gegen die Zeit aufnimmt – es gibt Fotos von ihm, seine Existenz ist beglaubigt und geprüft –, ein Mann mit Stammbaum und Wohnsitz und, noch verwirrender, mit Namen. Lars Bents (nicht Benz), wiederhole ich im Stillen, ein Name, der ihn mir nicht bekannt macht, sondern noch fremder. Ein Mann, von dem ich wusste, wie er aussieht, tat mir das an, ein Mann ohne Namen, wie auch mein Schrecken namenlos war – komisch, er roch gut, sprach nicht, spricht vielleicht nie mehr, er dirigierte mich stumm, nicht direkt grob, eher überlegt, nicht höflich, er ignorierte die Angst (meine?, seine?), er hat mich kaum angefasst, er wollte durchs Tor.

Ein Kranker mit einem Willen (vielleicht war es der letzte), sein Wille, den er gegen mich durchsetzte, den ich widerwillig erfüllte, erstarrt vor Angst. Jemand, zu dem plötzlich ein Name gehört, Bents (wie Benz) – der Mercedes unter den Verbrechern, ich weiß, dass das nicht komisch ist, aber ich denke es dennoch. *Meiner sah dagegen nett aus*, hatte ich damals gedacht, als ich die finstere Nummer Eins entlastete wie auch die drei weiteren Kandidaten, und ich dachte, wie kann ich das denken, aber da hatte ich es schon gedacht.

Ich muss ihn sehen, sage ich, aber Herr Teege schüttelt den Kopf.

34

Ich muss ihn sehen, weil ich ihn identifizieren soll. Zu dem Bild habe ich mich kaum geäußert, und ich frage mich, wen ich schonen will. Ihn? Mich? Beide? Nein, wir sind drei. Er ist todkrank, und ich muss ihn besuchen, was einer Heimsuchung gleichkommen wird. Er hat keine Frau, keinen Vater mehr, dafür seine Mutter, was ich befürchtete. Eine Mutter, die ihn liebt (sie besuchte ihn täglich), die um ihn weinen wird und seinetwegen leidet.

Und ich weiß nicht, wie ich mich winden soll, ich möchte nicht, dass seine Mutter von einem Geschehen erfährt, das ihr den Sohn zeigt – gewalttätig gegen eine Frau in Todesangst (Angst, die er wohl ebenfalls kennt), sie soll nichts wissen von einem Bett, unwirtlich auf sandigem Boden, von Bäumen, zu stummen Zeugen bestellt, die mitunter Vögel ausspeien wie Vulkane die Asche, von meinem Körper, aus dem die Liebe verschwand (in meinem Kopf wohnt sie weiterhin); vielleicht war es sogar ihr Rad, dessen Pedal sich in meinen Speichen verhakte, Speichen, die meine Wade verletzten, als ich wie wild daran riss.

Unzählige Gedanken, unzählige Bilder. Meine Vorstellungen von einem Frieden, mit Händedruck besiegelt, vielleicht mit Worten, die mich bitten (um Verzeihung), meine Hoffnung, dass er mich beruhigen könne mit Erklärungen und mit Reue, nichts davon wird in Erfüllung gehen. Er ist nur selten noch wach, spricht kein Wort, und das Letzte, was er erblicken will, werde ich sein.

Ich war zur falschen Zeit am falschen Ort, eine Phrase, die möglicherweise zum Trost taugen kann für den Fall, dass statt meiner ein Mädchen bewahrt wurde, das schwächer ist als ich.

35

Links der Administrationstresen, rechts die Aufnahmekabinen für An- und Abmeldung. Wir melden uns nirgends, weil wir wissen, wohin, oder besser, meine Begleiter wissen es wohl. Herr Robert Teege und Herr Strauß, dessen Vorname mir unbekannt ist (David vielleicht), eskortieren mich rücksichtsvoll und mit Ruhe, aus der Erfahrung geschöpft. Treppenhäuser und Flure wie ein Hotel, in dem niemand freiwillig wohnt. Furchteinflößende Asepsis, durch stickig-mulmige Gerüche nach Krankheit und Essen unterwandert, verursacht mir Übelkeit. Nimm dich zusammen, befehle ich mir, aber da weine ich schon. Herr Teege ist rührend, Herr Strauß ist es jetzt weniger, vielleicht hat er mein Theater satt, er will, dass ich den Täter identifiziere, damit er den Fall abschließen kann, meine Tränen nimmt er für Skrupel und er hat recht damit.

Wir müssen durch eine Schleuse und betreten das Krankenzimmer mit Mundschutz und Kittel. Vorhänge verdunkeln den Raum. Unser Besuch ist vorbereitet, seine Mutter ist nicht im Zimmer. Die Bettdecke ist verrutscht, ich sehe Infusionsflaschen, unzählige Schläuche, darunter einer, der Sauerstoff transportiert, eine Klemme an einem seiner Finger misst dessen Konzentration im Blut. Herr Strauß geht ans Fenster und zieht einen Vorhang beiseite.

Ich höre das Eigenleben der Geräte, die schlurfend und pfeifend Beschwerde führen über nimmer endende Arbeit. Vielleicht wird die Beschwerde erhört und die Arbeit eingestellt, ein Blick in das Gesicht des Kranken erschüttert mich in zweifacher Hinsicht; seine Haut ist farblos, beinahe grau, die Nase spitz; das weiße Gewirk, das Hals und Kiefer verhüllt, konkurriert mit seiner Gesichtsfarbe. Er öffnet die Augen nicht, und ich muss kein Arzt sein, um zu ahnen …

Zeit, ich brauche Zeit. Das ist alles. Mein Blick, der von zwei Männern verfolgt wird, verlässt das Bett und den Mann darin, ich sehe die Wände und Decken, überzogen mit der Patina von Krankheiten, vergilbt durch den klagsamen Atem unzähliger Patienten.

Ich denke an seine Mutter, die man bald holen wird, sie wartet in einem der Aufenthaltsräume. Mein Blick streift erneut sein Gesicht, ich erkenne ihn nur mit Mühe (ich erkannte ihn auf dem Bild).

Nein, sage ich, ich glaube nicht …

36

Obgleich mein Buch *Libellenfrieden* einen bescheidenen Erfolg feiern durfte, fühle ich mich nach wie vor überrascht (ich könnte auch sagen, geschmeichelt), wenn ich durch Zufall sehe, dass jemand in einem Buchladen (oder möglicherweise auf einer Parkbank im Sommer) mit konzentriertem Gesicht und ohne den Ausdruck von Missbehagen mit einem meiner Bücher beschäftigt ist. Heute sehe ich es in der neuen Bibliothek, durch die Lisa mich führt. Ich bewundere die Bücherfülle, weiträumig und auf zwei Etagen verteilt: Erfindungen, Halbwahrheiten und Tatsachen, eingebunden in schützende Hüllen, bebildert oder nicht, verborgen unter Titeln und den Namen von Autoren, katalogisiert, beheimatet in Regalen, beurlaubt zu Leihzwecken.

Überall Sitzmöglichkeiten und Tische, die verschiedenen Gebiete sind gut gegliedert. Computer mit Internetzugang bannen Magneten gleich Nutzer an die Schirme; Kinder haben eine eigene Abteilung.

In den hinteren Bereichen der oberen Etage, zu der eine Treppe führt, gewunden wie das Innere eines Schneckenhauses, finde ich Büchersammlungen aus Privatbibliotheken, deren Exemplare das Haus nie verlassen. Ich finde Zeitschriften, eine Musikabteilung, kurz, alles, was ich mir vorstellen kann. Die elektronischen Buchangebote sind mir dagegen nicht geheuer, aber vielleicht wage ich eines Tages einen zaghaften Versuch.

Das Ausleihen wie auch die Rückgabe sind automatisiert, Kundenkarte und Scanner: Hokuspokus – und fidibus.

Keine lauten Gespräche im Raum, nur das rücksichtsvoll gedämpfte Raunen der sich Bildenden. Antike und Moderne, Hochachtung und Wissbegierde, konserviert in einem zweistöckigen Gebäude.

Ich denke an die Buchläden und hoffe sehr für sie. Die Bibliothek ist gut besucht.

Zurück in der unteren Etage, wo mich Lisa ärmelzupfend darauf aufmerksam macht, sehe ich eine

Frau in die Lektüre eines meiner Bücher (nicht das prämierte) vertieft; plötzlich überzieht ein Lächeln ihr Gesicht, und ich wüsste gerne, welcher Abschnitt meines Textes sie dazu verführte.

Mit einem Yoga-Leitfaden und zwei Romanen verlassen wir das Haus, ich werde wiederkehren trotz der Treue, die ich meinem Buchladen halte. (Mein Buchladen in der Brandenburger, vor dem die Straßenbahn patrouilliert, der einzige, der sich meiner annahm, als niemand mich wollte – das vergesse ich nicht.)

Ich brachte Lisa nach Hause, noch immer Januar, die Tage werden länger, aber sie sind nicht lang genug, es ist bereits dunkel, und ich trete in die Pedale. Ich habe keine Angst, aber ich fühle mich auch nicht wohl. Wie eine ständige Ermahnung begleitet mich mein Wissen um einen Tag im November, der mir vor Augen führte, dass unfassbare Dinge, die man in Filmen sieht, von denen man in den Nachrichten hört oder über die man in Büchern liest, Dinge, über die die Zeitungen informieren, mitunter tatsächlich geschehen. Sie geschehen mitunter, und sie geschahen in einem Fall tatsächlich mir.

Mein Wohnhaus erscheint mir wie ein Rettungsanker in der mattbeleuchteten Allee, die Haustür klemmt noch immer, ich nehme zwei Stufen auf einmal, denn ich bin ohne Gepäck, schon wieder ein Déjà-vu, jemand steht vor meiner Tür, ein Mann, sehr groß, Kurt, denke ich, Mats Rending, denke ich, aber es ist keiner von beiden.

Mit einem Blick auf Ritas Tür und auf die Schuhe davor vergewissere ich mich ihrer Anwesenheit.

Verzeihen Sie bitte die Störung, Frau Liden, sagt der Unbekannte, mein Name ist Vincent Steenburgen, ich muss Sie sprechen …

37

Ich habe kein Stockholm-Syndrom, ich fühle keinerlei Zuneigung zu meinem Peiniger, mir geht es um seine Mutter. Er wird mir leid tun, wenn er stirbt, aber ich werde darunter nicht leiden. Ich wollte, dass er lebt und ich wollte, dass er tot ist, weder das eine noch das andere wird mich glücklich machen, aber ich erschrecke darüber, dass ich Letzteres, in stillen Stunden, und wenn ich es recht bedenke, für den besseren Ausgang halte. Ich will, dass er niemals wiederholen kann, was er tat, ihn jedoch meinetwegen bestraft zu sehen, ist mir eine unangenehme und lustlose Vorstellung. Und ich möchte, sollte er sterben, mit allen nur möglichen Mitteln verhindern, dass seiner Mutter zusätzliches Leid widerfährt.

Verzeihen Sie bitte die Störung, Frau Liden, sagte der Unbekannte, den ich kenne von einem Bild und der mir gegenüber Platz nahm, nachdem ich ihn in meine Wohnung bat. Vincent Steenburgen, ein auffallender Name zu einem Mann, der mir auffiel, ich kam nicht darauf, wo er mir noch begegnete; er ist mir sympathisch, und eine Zeit lang bemühte ich vergeblich meine Erinnerungszentrale. Sein Blick auf dem Bild der Lesung, der offenbar mir galt, errang meine Aufmerksamkeit, er strafte jede Versicherung bloßer Zuhörerschaft Lügen. Und während ich dem nachhänge, was er mir sagte, weiß ich plötzlich, wo ich ihn noch traf, es war auf einer Straße, die unsere in südlicher Richtung kreuzt, er war in Begleitung eines Hundes, und ich sah ihn ein zweites Mal von meinem Fenster aus (im September, glaube ich).

Es war das Rad seiner Mutter, das er benutzte, wie Sie selbst es vermuteten, Frau Liden. Seine DNA und die Spuren, die Ihre Speichen auf einem der Pedale hinterließen, Ihre Fingerabdrücke auf dem Lenker, wie auch unzählige weitere Indizien – die Beweislage ist erdrückend …

Vincent Steenburgen, ausgerüstet mit sämtlichen kriminaltechnischen Details in vielen Fällen, und im Besonderen in meinem Fall, kann und darf die letzten Ergebnisse nicht mehr lange zurückhalten. Mich rühren sein Taktgefühl und sein Verständnis, ich fand ähnliche Sensibilität bei Herrn Klein, Herrn Teege und Herrn Rending, und ich begreife, es wird ein Kampf gegen die Zeit werden.

Wenn er stirbt, sage ich, und ich denke, dass es

keine Frage, sondern eine Feststellung ist, wenn er also stirbt, muss seine Mutter nichts erfahren.

38

Vincent Steenburgen, er hat einen Hund, denke ich, und das bringt mich auf die Idee. Es gibt nichts Gutes, außer … Ja …

In den Stunden des darauffolgenden Tages werde ich keinerlei düstere Gedanken haben, auch Langeweile nicht.

Eifrig durchforste ich die Tier- und Baumärkte. Eine Idee ist geboren und ich arbeite an ihrer Umsetzung. Schnell. Das bin ich, wenn ein Gedanke sich festgesetzt hat. Und dieser eine verfing. Ich habe oft schon erwogen, was ich nicht weiter verfolgte – eine Erwägung, die zu schwer wog bisher. Ein Haustier zu haben, eine vage Vorstellung und ein vager Wunsch. Ich habe Tom angerufen heute früh, seine Stimme noch schläfrig, aber ich konnte nicht warten.

Wenn du meinst, ja, mach es doch, ich helfe dir – etwa in zehn Stunden, wenn ich wach bin, klar …

Und schließlich, am Ende meines Einkaufsabenteuers, mühe ich mich durch die widerspenstige Eingangstür meines Wohnhauses (ich werde das

Procedere mehrfach absolvieren) mit einem Hundekorb in Übergröße (für den Fall, es wird eine Dogge oder ein Riesenschnauzer), mit Hundefutter, Hundegeschirr, Autogurt, mehreren Leinen, Hundebüchern, tierärztlichen Ratgebern, Decken und diversem Spielzeug. Eine Zeit lang gleicht meine Wohnung einem Ersatzteillager, ich schreite die Räumlichkeiten ab nach dem geeigneten Platz, und als ich ihn schließlich ausmache, bin ich zufrieden wie schon lange nicht mehr. Ich werde ein Tier haben, denke ich mit Freude und erkenne die herrische Überheblichkeit in diesem Satz.

39

Bisam öffne dich, sage ich beschwörend, und Tom pariert meinen Scherz. Ja, sagt er, wie wärs mit der Adoption einer Sesamratte?, ein paar Okay-Tropfen, und sie gibt dir bereitwillig ihr K.o.

Tom, Elisa und ich vor den Kasematten des Tierheims: Wir sind angemeldet, sagt er, als uns geöffnet wird, und wir passieren die Gänge mit den verschiedenen Abteilen, die Tiere haben es nicht schlecht hier, es ist eine moderne Einrichtung, denke ich, aber das Lachen, mit dem wir vor der Tür unsere geistigen Ergüsse belohnten, erstirbt augenblicklich.

Hunderte Augen, die uns verfolgen, manche ängstlich, viele neugierig und sehr viele …

Du interpretierst da etwas hinein, sagt Tom. Es soll ein Trost sein für mich, – denn wie konnte ich annehmen, dass eine Entscheidung für eines der Tiere, die auf Liebe und ein Zuhause warten, mich froh stimmen würde. Wähle ich eines, betrübe ich all die anderen, so kommt es mir vor, und ich wünsche in diesem Augenblick, dass ich nie dieses Meer zitternder Fellbündel geschaut, nie all die traurigen Augen erblickt hätte.

Lassen Sie sich Zeit, ermutigt uns der Pfleger freundlich, aber ich will mich jetzt lieber beeilen, mich schnell für ein Tier entscheiden. Ein Hund soll es sein, keine Ratte, auch kein Auerhahn (our Auerhahn), wie Tom vorschlug. Ein Hund also, vielleicht einer, der nicht so schön ist, den sonst keiner will, dieser Gedanke tröstet mich wirklich, ich schaue mich um und schreite die Strecke erneut ab, erneut und unter diesem Gesichtspunkt.

Wie wärs mit dem?, und wie ist es mit dem?, und der hier?, fragt mich Elisa. Übereile bloß nichts, bittet sie besorgt, aber da werde ich fündig. Eine Mischung zwischen Fox und Trott, stelle ich fest, und Tom sagt: Wirklich? Dieses Wirklich gilt nicht der Rasse, es beargwöhnt die Wahl schlechthin.

Geimpft und entwurmt wie mein Bruder, sage ich enthusiastisch, aber niemand lacht, Elisa ist verstummt, und so ist es einsam beschlossene Sache, ich habe gewählt, also werde ich erhalten und bezahlen.

Die Papiere werden mir ausgehändigt und mit ihnen ein mittelgroßes zitterndes Wesen, das noch vorhin und durchs Gitter meine Hand beschnauzte und scannte. Mittelgroß und mit nicht allzu langem Fell, eher mit gar keinem, sagt Tom.

Vor dem Auto gibt es einen kleinen Tumult, Fox, oder Terrie, will nicht hinein, und so zwinge ich ihn behutsam. Während der ganzen Fahrt duckt er sich in sein Autokörbchen, das neben mir auf der Rückbank steht, mit einer Hand streichle ich ihm über das Fell und über drei runde Stellen, die unbehaart sind.

Alles wird gut, verspreche ich ihm, und das glaube ich auch.

40

Frisch geputzt und neu verschmutzt – so etwa könnte der Werbeslogan für die Reinigungsfirma lauten, die ich gemeinsam mit einem Hund betreibe. Keine Frage über die Zuständigkeiten.

Die Wohnung und die Futtervorräte, das Spielzeug sowie der Korb wurden gründlich untersucht und für annehmbar befunden. Die erste Nacht, in der er zeitweise ein leises Jammern hören ließ, das sich einige Male zum ausgedehnten Geheul eines Wolfes steigerte, ist überstanden. Ich weiß nicht, wer ihm die Stimme lieh, sie harmoniert nicht mit seiner äußeren Erscheinung. Sein Körbchen, oder besser sein riesiger Korb, der damit eher korrespondiert, steht vor meinem Bett im Schlafzimmer. Ich habe mich ergeben, diesen Platz wählte der Hund, nicht ich, und nachdem er ihn immer wieder einnahm, gab ich nach und der Korb zog um. Meine Hand aus meinem Bett hinunter zu seiner Schlafstätte, wo sie den neuen Mitbewohner beruhigte – augenblicklich kehrte Ruhe ein.

Boogie-Woogie, er wird Woogie heißen, denke ich jetzt, denn er schwenkt tänzelnd sein Hinterteil beim Laufen. Der Tag hat seine Unruhe vertrieben, er frisst mit unbändigem Appetit, ein gutes Zeichen, denke ich, und dann fällt mir ein, dass die Palette meiner Pflichten sich um einiges erweitert, als wir später beieinandersitzen in neu gewonnener Harmonie. Ein plötzliches und ungewohntes Arom, das den Raum bis unter die Decke füllt (vielleicht kündigt es einen baldigen Vollzug an), schreckt mich aus meinen Gedanken; plötzlich wach, beeile ich mich mit dem Ankleiden, wir müssen hinaus – das hätte ich fast vergessen.

41

Woogie, du liebes Wesen, wie konnte ich denken, du seist nicht schön – dein glänzender Blick aus treuen Augen, der mir freudig und aufmerksam folgt, deine warm-feuchte Schnauze, die meine Hände liebkost, deine Angst, ich könnte mich zu weit entfernen von dir … Was immer dir geschah, ich will es wiedergutmachen und die Erinnerung löschen.

Nach drei Tagen schon sind wir ein Team (Sveja the princess und Woogie the bell, sagt Tom). Wir werden es gut haben zusammen, das weiß ich. Wir lieben einander, erkunden auf Streifzügen unsere Umgebung, treffen Menschen mit und ohne Hund (die mit Hund sind gesprächiger), einmal sah ich Herrn Rending mit Frau oder Freundin (ein kurzer, unbequemer Schmerz; Eifersucht, die mir nicht zusteht). Er war für mich da, interessierte sich (für das, was ich sagte, für das, was ich verschwieg), vielleicht mag er meine Bücher, vielleicht sogar mich, er grüßte mich freundlich und, wie ich finde, nicht unbefangen.

Nur ein kurzer Augenblick, nicht länger als ein Wimpernschlag, der die Gewissheit nährte, dass Herr Rending in diesem Moment gern allein gewesen wäre. Und der Himmel, der sich vormals noch trübte, hellte sich auf im Lichte der letzten Wahrnehmung, die eine unwillkommene Erkenntnis mit einem schwachen Triumph vermählt.

42

Ich will seine Mutter nicht sehen, und ich will niemals wissen, wie oder wo mein Peiniger wohnte – vielleicht in einem Hochhaus, anonym eingepasst in die Wohnschubladen; ich stelle mir das Haus ohne Außenwand vor – verschiedene Menschen in unterschiedlicher Wohnumgebung, vereint in einem Gebäude, aber ein jeder beschäftigt mit anderen Dingen. Menschen, die ein Bad nehmen oder schlafen, andere sitzend am Tisch, einige essend, andere, die rauchen. Familien streitend oder in Harmonie, Alleinstehende, Monogame und Untreue – alles Figuren in einem Setzkasten.

Und eine der Bestückungen zeigt ihn, einen augenscheinlich harmlosen Nachbarn; ich kann mir keine Regelmäßigkeit in seinem Leben vorstellen: dass er isst oder gar schläft, fern sieht oder liest, dass er einkauft oder jemanden grüßt …

Vielleicht wohnte er aber im Altbau, saniert oder nicht (eher nicht, aber ich kann mich täuschen), in einer Villa womöglich oder … Wenn ich es wüsste, hätte ich ein Bild und müsste grübeln, deshalb werde ich Augen und Ohren verschließen. Was ich sehe, ist Licht, das durch Blätter fällt auf ein Geschehen, das meine Seele mit einer Tätowierung versah und meinen Körper versehrte. Meinen Körper, aus dem die Liebe verschwand (in meinem Kopf wohnt sie noch immer).

…

Die erste Nachricht, die ich telefonisch erhielt – die Nachricht von seinem Tod –, einmal durch Herrn Teege übermittelt, später ist es Herr Rending (zögerlich und unentschlossen, seine Stimme ohne Freude, so als gäbe es noch etwas zu sagen, das nicht mehr gesagt werden muss), und ich bin seltsam still. Ein Stück künstlichen Fundaments, das plötzlich nachgibt und mich unsicherer zurücklässt, als ich es je war.

Ich dachte niemals daran.

Tot.

Die Möglichkeiten, die ich durchspielte, all die Erinnerungen, die quälenden Fragen, die Pein, alle Hoffnungen und alle Befürchtungen, sublimiert durch ein Wort, unermesslich in Breite und Tiefe, unfassbar in Raum und Zeit – tot.

Seine Mutter wird man schonen (im Rahmen des Möglichen), was immer das heißt. Doch ich habe Vertrauen. Es besteht ein Agreement, unausgesprochen und doch bindend, eine Übereinkunft zwischen mir und drei Männern, die einander kennen und die mehr über mich wissen, als ich jemals ahnte.

Und so ist mein Ja Formsache, aber ein Ja ohne positiven Klang. Nicht er gesteht, sondern ich.

Ja, sage ich, er war es, und ich fühle mich plötzlich allein.

Eine Union, die mich aussondert. Ein Fall ist abgeschlossen und macht die Begleitung, an die ich mich gewöhnte, überflüssig (nur dass ich es nicht so empfinde). Plötzlich bin ich entlassen aus dem schützenden Verbund einer gemeinsamen Anstrengung, die mit dem Ableben eines Überführten endet.

Ich muss mich daran gewöhnen.

Tot.

Überführt und entkommen, letztlich werde ich einverstanden sein.

Tot, es ist besser so.

Keine Strafe macht etwas ungeschehen. (Sagte ich, dass ich ihn nicht bestraft sehen wollte?)

Tot, eine Strafe erhielt er doch – und sicher verhindert sein Ableben die Wiederholung eines Vergehens (während einer Beurlaubung zum Beispiel), möglicherweise an einem Mädchen, das schwächer ist als ich …

Irgendwann wird ein Vorhang fallen zwischen einem Tag im November und der Erinnerung daran (ich hoffe, er ist aus dichtem Stoff gewebt). Verzeihen und Vergessen in wirksamer Verbindung wie eine Formel, die zu Beschwörungen taugt (ein Balsam aus körpereigener Produktion) …

Wie in Gips gegossen stehe ich mit dem Hörer am Ohr – mein Gesprächspartner hat sich verabschiedet, und ich rühre mich nicht. Das Freizeichen wie eine Bestätigung: Tut-tut-tot-tot-tot-tot …

Vorbei, und ich muss genesen.

Der Tod tilgt die Schuld.

43

Der Tod tilgt die Schuld. Und ein Opfer ist nicht automatisch besser als sein Peiniger. Das habe ich gelernt, oder ich wusste es immer. Wir sind Opfer und Täter in einem, und zwischen Schwarz und Weiß ist ein riesiger Raum.

Als Kind wurde ich von meinem Bruder getrennt, von meinem Vater, von meiner Großmutter, ich habe niemanden vergewaltigt (oder doch? Psychisch?).

Und physisch?

Aufgrund von körperlicher oder (angenommener) geistiger Überlegenheit beugen wir täglich das Recht. Das Recht auf Unversehrtheit und Leben. Es gibt keinen Unterschied.

Ich habe getötet. Motten, die sich im Teppich vergnügten, und die kleinen schwarzen Flügler, die Raupen gebaren und den Milchreis fraßen. Spinnen nie oder nicht absichtlich. Ich aß Tiere, die ich andere töten ließ, und ich machte mir manchmal Gedanken. Ich zog nicht unermüdlich zu Felde gegen die Massentierhaltung (obgleich ich mein Einkaufsverhalten danach ausrichtete), ich tat nichts, um die grausamen Tiertransporte zu stoppen.

Täglich werden Lebewesen misshandelt, sterben Tode um Tode, manche sprechen unsere Sprache nicht, bezahlen keine Anwälte, sind deshalb unterlegen.

Ich weiß von den Torturen der Tiere in den Versuchslabors: Die Schutzschilde für die humanen Eroberer, vereint in einem Schrecken, den erst der Tod beendet, der fühllose Erlöser ohne Eile – ich befreite nicht ein einziges.

Ich spendete für Tiere, ich spendete bei Hungersnöten und anderen Katastrophen mit Mitleid im Herzen und dem satten Komfort einer gesicherten Existenz im Rücken. Unser Mitgefühl ist oftmals wach, aber es unterliegt dem Trägheitsgesetz.

Wir sollten Ehrfurcht haben vor jedem Wesen, das sich über kurze oder lange Zeit durchs Leben müht. Wir sollten!

44

Woogie sitzt mir zu Füßen, beseelt von der Hoffnung, etwas Köstliches von der Art eines Hundeknochens oder eines Stückchen Fleisches möge sich selbstständig machen und wie versehentlich auf den Fußboden gelangen. Er schaut mich an (mit sehnsüchtigem Blick und unverwandt), hin und wieder suchen seine Augen meine Hände, so als könne er das Geschick lenken dadurch. Mich bewegt, dass er so unverstellt sein Begehren bekundet. Keine Umschweife, keine Vortäuschung von Desinteresse, keine List. (Das erinnert mich doch … – nein, Schluss.)

Ich kehre zu Woogie zurück und sehe mit Freude, dass sich die haarlosen Stellen schließen, die seinen Rücken verunzierten. Zuversicht wird belohnt, sage ich mir, und belohne deswegen auch die des Hundes.

Der Geruch der Pansen, die ich für ihn mit Reis und Mohrrüben kochte, erfüllt die Küche. Es riecht wie im Abfallcontainer eines Schlachthofes, und während ich eine kleine Portion für ihn abkühlen lasse, bemühe ich mich mittels meines Parfums und eines weit geöffneten Fensters um die Rückgewinnung des sonstigen und, wie ich finde, angenehmeren Odeurs. Doch hier scheiden sich die Geschmäcker. Woogies Napf leert sich schneller, als ich ihn nachfüllen kann, und ich weiß, dass diesem Genuss Zufriedenheit folgt. So einfach ist das. So gut.

Und jetzt ich. Ich nehme mir eine Schüssel, mit der Gabel zerdrücke ich eine Banane darin, hole Joghurt aus dem Kühlschrank, den ich darüber gebe, dann presse ich eine gelbe und eine rote Orange und rühre so lange, bis eine gleichmäßige Masse entsteht. Ich genieße mit geschlossenen Augen, als es klingelt.

Rita vor der Tür mit Kuchen. Oder besser, Rita mit Kuchen und mit Neuigkeiten, die die gesamte Stadt abdecken. Die gesamte Stadt und ein Viertel ihrer Bewohner. Meine Zuständigkeit erstreckt sich nur auf den Kaffee, aber vielleicht, so hoffe ich, lässt sich ein Teil des Erzählten zu einer Geschichte verwursten; man kann nie wissen, welchem Karst ein Gedanke entsprießt, der zündet und zur Konstruktion taugt. Ich bin guter Hoffnung …

Die gesamte Stadt und ein Viertel ihrer Bewohner (einige stoßen noch aus dem Umland dazu) – und so folge ich Ritas Worten mit geöffneten Augen und wachen Geistes (oder ehemals wachem …), denn allmählich fühle ich Müdigkeit, vielleicht war der Joghurt mit Schlafmittel versetzt oder dem Kaffee fehlt Koffein, es ist eine angenehme Trägheit, eine, die alles gleich werden lässt (ob ich lebe oder sterbe, alles egal), ich bin müde, und nichts als das.

Du bist müde, oder?, sagt Rita teilnahmsvoll, und ich schäme mich ziemlich, denn ich muss nicht früh aus dem Haus wie sie (sie trägt Briefe aus), und so starte ich einen betont munteren Versuch (eine Neuigkeit beizusteuern, neu und jungfräulich): Wusstest du, frage ich fröhlich und denke dabei an meinen Bruder, wusstest du, dass Freddy Quinn der Sänger von Queen war?

Nee, sagt Rita, keine Ahnung.

45

Das Rot der Aubergine, noch immer steht dort ein einsamer Satz, ich muss endlich schreiben, denn was sonst kann ich wünschen als die Rückkehr zu Dingen, die man mit Arbeit umschreibt oder als Pflichterfüllung bezeichnet; ihre Wirkung soll heilsam sein, aber ich weiß nicht, schon die Worte mag ich nicht sehr, nicht, weil ich nach sprachlichen Kleinoden suche, sondern weil sie mich an etwas Unangenehmes erinnern, an Dinge, die man tun muss, aber nicht will. An Nötigung – jetzt wird es mir klar. Ich verwende sie fast nie, und doch ist es die Rückkehr zum Alltag, die mir plötzlich erstrebenswert scheint. Nur das, was ich Alltag nenne, unterscheidet sich gewöhnlich von dem vieler Menschen. Während sie sich der Wirklichkeit stellen, entfliehe ich ihr. Ihr tägliches Werk ist real einzuschätzen, während ich mich an meinen Erfindungen messen lassen muss (was schwierig ist und dem Geschmack unterliegt). Realität gegen reale Erfindungen, die mich heute nicht weiterbringen …

Ich bin seltsam bedrückt, obwohl ich aufatmen könnte. Ein Gefühl folgt so selten der Logik, ich weiß es längst, deshalb harre ich aus und versuche zu schreiben. Gedanken, im Kopf gewälzt und positioniert, tropfen zögerlich aufs Papier, wo sie kleben bleiben. Der Text fließt nicht, die Einfälle ebenso wenig. Woogie the bell, oder Woogie the dog, ist unbeeindruckt von meiner Stimmung, er verrenkt sich den Kiefer an einem Knochen, den Tom ihm brachte (einen after-table, wie er es nannte), und bei dem Gedanken, dass Tom ähnlichen Unfug mit ernstem Gesicht in Restaurants äußert, lächle ich doch. Er sagt bon voyage, bevor wir mit dem Essen beginnen, er sagt Herr Oberst, wenn er mit der Bedienung spricht, und er hat niemals Probleme damit, dass die Kellner ihn unter Umständen für einen ausgemachten Idioten halten. Dabei ist er niemals laut, niemand, der viel Publikum will, seine geistigen Entladungen erreichen in der Regel nur eine Zielperson. Sagte ich, dass ich ihn liebe?

Ich stehe auf, gehe zum Spiegel … und weiß nicht, was ich dort will, vielleicht die Überzeugung, dass dort dieselbe steht, die auch vor Wochen dort stand, ich sehe mich kaum, gehe zu Woogie, der den Kopf hebt; ich bin ihm wichtiger als der Knochen, was mich rührt, ich streiche ihm über sein Fell, kraule sein Ohr und rieche an ihm. Ein Geruch, den ich mag.

Von ihm aus gehe ich zum Erker, wie von einer Schnur gezogen, es ist sechs Uhr am Abend. Ich trete ans Fenster, diesmal mit Neugier, oder kann man es Erwartung nennen? Ich weiß nicht, ob angenehm oder nicht, aber ich fühle mich nicht bedroht (was macht mich so sicher?) – und tatsächlich wird die Erwartung belohnt, jemand steht dort, ich kenne bereits die Zeit, aber nicht ihn. Ein Mann, eine Kapuze verdeckt die Gesichtszüge, er steht weitab der

Laterne. Ich will mich nicht rühren, was ich nicht aushalte, und so gehe ich ins Zimmer zurück und weiß: Wenn ich wiederkomme, wird er verschwunden sein.

Also setze ich mich, ohne nachzuschauen, der freie Platz auf dem Bildschirm fordert mich heraus, meine Finger verteilen sich über die Tastatur, die alle Bewegungen mit dem eifrigen Akzent beantwortet, den ein Material dem anderen bei Berührung und nochmals beim Rücklauf entlockt:

Sie war eine jener Frauen, bei deren Erscheinen man den Atem anhielt, Gespräche wurden augenblicklich unterbrochen, um sie zu betrachten; sogar die widerstrebende Bewunderung ihrer Geschlechtsgenossinnen fühlte sie auf sich gerichtet, sobald sie – sich ihrer Wirkung bewusst – auftauchte. Sie tauchte auf, denn in der Art, wie sie sich bewegte, in ihrer ganzen Erscheinung lag etwas Einzigartiges, Bestechendes. Sie war sehr schlank, wirkte aber nicht zerbrechlich, sie besaß den biegsamen, trainierten Körper einer Balletttänzerin. Ihr Gesicht war nicht von der Schönheit, die häufig mit seichtem Geist einhergeht, es war nicht puppenhaft, sondern klassisch modelliert. Was die Augen aber unbedingt anzog, waren ihre Haare, dicht und von ungewöhnlicher Farbe. Eine Nuance, die nicht jedem stand: schwarz, rot und violett in auffallender Symbiose. Sie erinnerte an die seidenglatte Haut von Auberginen; eine Farbe, die ihren Typ unterstrich, ihn be-

unruhigender machte und damit eine Distanz schuf, ein Gefühl, sie sei unerreichbar.

Im Grunde ihres Wesens hilfsbereit und freundlich, verdarben beruflicher Erfolg und das Aufsehen, das zu erregen sie gewohnt war, Teile ihrer natürlichen Anlagen. Ihr Mantel aus Selbstbewusstsein war nicht echt, aber sie achtete ängstlich darauf, ihn nicht abzulegen ...

Ich bin nicht zufrieden. Banal, denke ich, auch wenn ich fünf Seiten füllte, fünf Seiten Banalität je sechzig Zeichen in der Breite, dreißig Zeilen vertikal, wie es die Verlage fordern. Ich habe nie verstanden, warum, oder doch, wahrscheinlich wegen der Abschätzbarkeit des Umfangs und damit der erleichterten Planung, was Gewicht und Kosten des künftigen Buches betrifft. Falls es je eines wird.

Ich dachte lange nicht mehr daran, aber mein Buch über die fliegenden Künstlerinnen verdanke ich einer Libelle, die ich vor einem Frosch rettete. Die Geschichte, die ich später schrieb, hatte kaum noch etwas damit zu tun, höchstens dem Namen nach.

Die Libelle, die ich einem Frosch vorenthielt (der bereits sprungbereit auf dem Seerosenblatt verharrte), blieb unbeweglich auf der Wiese, die Flügel breiteten sich nur unvollständig aus, ich sah regelmäßig nach ihr und verlor den Mut. Sie schafft es nicht, dachte ich damals, und um sie zu erlösen, tötete ich sie.

Ich erinnere mich an die glänzende Flügeloberfläche, an ihren Körper, der grünlich schimmerte, ihre Beine, die, sooft ich ihr Hilfe bot, eifrig nach einem Halt suchten, an ihren beweglichen Kopf. An die Natur als eine unerschöpfliche Quelle von Wundern.

Ich liebte die Frösche und ich liebte die Libellen – doch an diesem Tag entschied ich mich einzugreifen. Erst viel später las ich, wie lange es dauert, bis so ein Wesen flugfähig ist.

Wie ich auf die Aubergine kam, weiß ich dagegen nicht, ich sah wohl eine im Gemüsegeschäft, aber die Verbindung zu einer Haarfarbe erschließt sich mir nicht mehr. Vielleicht gelingt mir deshalb der Text nicht.

Ich lehne mich zurück, die Arme über dem Kopf verschränkt, vor dem offenstehenden Fenster sah ich am Vormittag eine frühe Hummel, ungewöhnlich groß, dazu schwarz wie ein Schornsteinfeger, begehrlich nestelnd an den Blüten des Winterjasmins, ich erinnere mich an ihr sonores Brummen beim Wechseln der Kelche – plötzlich kann ich entspannen, mein Blick fällt auf Woogie, der beharrlich die Vernichtung des Knochens betreibt, es wird ihm heute nicht mehr gelingen, was seiner Begeisterung keinen Abbruch tut. Und da weiß ich, es spielt keine Rolle, ob morgen oder in einer Woche, irgendwann wird ein Gedanke mich treffen, den ich aufnehme und der sich erweitern lässt.

Die Wärme im Zimmer erfüllt mich mit Wohlbehagen, Woogie liegt auf dem Sofa, zusammengerollt wie ein Igel. Ich denke, er schläft, auch wenn zwischen den Augenlidern eine schmale Schneise blieb. Ein winziger Spalt wie das unvollständig geschlossene Objektiv einer Kamera, nur um sicher zu sein – ich gehe nicht weg, nicht ohne ihn.

Der See liegt ruhig und seitlich des Fensters, keine Krankenwagen am Hang, keine Sirenen. Ich blicke in die Zweige der Kastanie, die veredelt sind durch die matt schimmernde Legierung des Frostes. Perlmutterner Glanz auf borkiger Rinde, begrenzt von kristallinem Grat. Wintersonne, die den Schnee versilbert, flinkes Geschwirr in den Futterhäuschen. Ein Tag, so schön und erhaben, und mein Sinn von Freude erhellt. Ich freue mich auf mein Frühstück (Woogie hat seines bereits verschlungen) und darauf, mich anzukleiden. Ein Baumwollkleid, das über den Knien endet, Stiefelchen mit kleinem Hacken – der gleiche Stil, doch ein anderes Kleid, andere Stiefel (nicht versehrt durch das Zeugnis von Schmach und heftiger Abwehr).

Später denke ich an Kurt, an das Leben, das einmal unseres war, und es ist komisch, dass ich uns im Bad sehe: Zwei Waschbecken und ein Paar, mit den Verrichtungen der täglichen Hygiene befasst, die Nacktheit unserer Körper, die uns kaum noch verwirrt, manchmal Zärtlichkeiten; manchmal wünschte ich mir, allein zu sein, ungestört – und als ich es war, fehlte er mir.

Und dann nicht mehr.

Die Hundeleine in meiner Hand scheint geheime Signale zu senden. Wie ein Feuerwehrmann in Bereitschaft stürzt Woogie in den Flur, präpariert für den Einsatz auf der Straße; den Schlaf ließ er auf dem Sofa zurück.

Wir passieren den Hausflur, ich versuche mich mit dem Verschlusselement seiner Leine am Metallgeländer (ein Gruß an Rita und Herrn Dix), aber das virtuose Klangbild, das Katja einst zauberte, verweigert sich mir.

Schon von Weitem sehe ich die Blume, seit einiger Zeit wächst sie erneut (und fast täglich nach) aus den geheimnisvollen Pfründen des Postsammlers, einem Behältnis, das Sveja Liden heißt, zumindest sagt es das Schild.

Sveja Liden blüht, sagte vor einiger Zeit Herr Dix, und ich konnte sehen, dass es ihn kratzt an der Ehre, dass er noch immer nicht weiß …

Und das brachte mich auf die Idee. Auf jemanden, dessen Beruf es ist, Spuren zu sichern und zu analysieren. Jemand, dem es aus diesem Grund auch gelingen mag, keine zu hinterlassen. Nicht einmal den eigenen Anblick. Anfangs war es nur ein Gedanke, einer von vielen, aber mir blieben mehrere Tage, an denen ich die Wahrscheinlichkeiten gegeneinander abwog.

Auf den letzten Streifzügen, die ich mit Woogie unternahm, hatten wir Gesellschaft. Gesellschaft, die mich zunächst überraschte, später nicht mehr. Gesellschaft, die ich genieße und nicht mehr missen will.

Zwei Hunde, zwei Menschen, das ist gerecht, finde ich.

Das letzte Teil eines von zwei Puzzles, maßloses Erstaunen, das mich zunächst verstummen ließ. Stummheit, der ein Lächeln folgte, das Freude signalisiert, ein Lächeln, das auf eine Erinnerung folgt, und die Kombination verschiedener Ereignisse zu einem Ganzen, Schlüssigen. Erinnerung an einen Tag im Frühjahr, die Vögel kehrten aus ihren Winterquartieren zurück, die Sonne zog all ihre Kraft aus der Hoffnung …

Es ist so lange schon her, ein leerer Tank, mein streikendes Auto, ein Tag voller Sonne, der dem heutigen gleicht, nur dass jetzt Winter ist. Zwei Geschehnisse, eines erhaben, das andere mit Niedertracht besohlt, voneinander getrennt und ineinander verwoben, ich glaube an Wunder.

Und während ich die Straße betrete, die Woogie und mich zu unserem Treffpunkt führt, fährt eine plötzliche Bö in die Bäume, als wolle sie Blätter entfernen, die lange schon fielen; ich höre ein Rascheln und Raunen, eine Transformation vergangener Zeit, eine Botschaft wie eine Prophezeiung: Etwas wird kommen, etwas wird kommen und es wird dem

Glück aufs Haar gleichen. Oder vielleicht ist es welches.

47

Ein Tag, an dem man das Haus verlässt, er kann alles ändern oder nur wenig. Das Auto, das man zum Bremsen zwingt und das später jemanden überfährt. Oder das Auto, das man zum Bremsen zwingt und das aus diesem Grund niemanden verletzt. Ein Tag, an dem man zu Hause bleibt und jemandem nicht zu Hilfe kommen kann, oder an dem man zu Hause bleibt und aus diesem Grund keine Tragödie verursacht. Ein Morgen, an dem man erwacht und etwas Wunderbares passiert – alles hängt von dem Zeitpunkt ab, zu dem etwas geschieht oder nicht geschieht, um etwas geschehen zu lassen oder zu verhindern. Alle Ereignisse sind miteinander verwoben und haben einen Vertrag mit dem unvorhersehbaren, unüberschaubaren, emotionslosen Geschehen auf der Welt (der Einfachheit halber nennt man es Schicksal). Manchmal verändern Worte den Lauf, Worte, die man wählt, gesprochen mit klarer Absicht oder ohne, Worte, die trösten, die unterhalten, die warnen oder umstimmen, Worte, die zu etwas verführen oder eine Absicht schüren oder solche, die vernichten.

Ich hatte keine Wahl, was den Zeitpunkt betrifft, als ich meinen Peiniger traf, und ich fand keine Worte, die mich bewahrten.

Die Schere, als ich sie sah, ich kann kaum beschreiben, was ich empfand – gleißendes Entsetzen, Vokabeln, die ich plötzlich verstand; später war es Dankbarkeit oder Erleichterung, als er nicht mich schnitt, sondern den Stoff (das Netz der Strumpfhose, das Spitzengewirk meines Slips) – der spätere Vollzug war Formsache.

Wie konserviert sein Geruch (er roch gut) und sein Gesicht, in dem ich die Absicht las, eingebrannt in meine Haut und mein Gedächtnis, wie auch sein kühles Taktieren (er nahm mich schnell und überlegt, nicht direkt grob, auch nicht höflich), er benutzte ein Gummi (ein Gummi – woher nahm er die Kaltblütigkeit?).

Einmal (und viele Male in der Erinnerung) fühlte ich, wie ein Tier fühlt oder ein hilfloses Kind in Todesangst, und ich versprach, etwas zu ändern. Nicht wie eine Furie, die gegen alles und nichts zu Felde zieht, sondern überlegt, im Rahmen der Möglichkeiten. Der berühmte Tropfen, die stete Beharrlichkeit, der Wille, nicht zu ermüden oder auf halber Strecke zu resignieren – und bei alldem darf ich nicht bitter werden. Das Leben, das der anderen und meines, ein Geschenk, das ich achten will. Bewusster vielleicht, als ich es jemals vermochte.

Ich werde gesunden.

Nur manchmal, auf einsamen Straßen, oder auf Plätzen, wenn der Mond hinter Wolken verschwindet oder ich allein bin in einem dunklen Flur, oder wenn ein Mann hinter mir läuft, der vielleicht einfach nach Hause will, kann es sein, dass Angst mich besucht wie ein Gast aus vergangener Zeit.

Dagmar Graupner
Flug der Mondschwalben

Die fantasievolle Romy Ascehave ist ihrem eigentlichen Beruf entflohen und arbeitet in einem Auktionshaus. Dort begegnet sie dem genialen Komponisten und Saxofonisten Sten Harden, der ihr Gedicht über die Mondschwalben vertont, ein Werk, das später zur Filmmusik erkoren wird.
In einem der Arbeitsalben Sten Hardens stößt Romy eines Tages zufällig auf die Briefe einer fremden Frau, die sie fortan beschäftigen werden. Stück für Stück bohrt sich ein Stachel in ihre scheinbare Zufriedenheit. Von da an häufen sich die Ereignisse, die dazu führen, dass Romy das sicher geglaubte Gebäude ihrer Lebensplanung einstürzen sieht.

Verlag:
R.G.Fischer, Orber Strasse 30, 60386 Frankfurt/Main 9,80 €

Dagmar Graupner
Sand überall

»Ungastlich fegt der Wind über den Strand, erklimmt die Barriere, kämmt das Gras, zwingt seinen Gesang in die bewegten Wipfel der Bäume.
Der Steilhang zur Küste beherbergt Ture Nordén, der schon seit Stunden auf der Lauer liegt...«

Die Auffindung der als vermisst gemeldeten Kathrin Dewegen in einer Ferienhütte an der Ostseeküste bringt Kommissar Ture Nordén in einen schweren Gewissenskonflikt.

Verlag:
R.G.Fischer, Orber Strasse 30, 60386 Frankfurt/Main 9,80 €

Dagmar Graupner
Die Bergung des Lichts

Tanjas Tochter Laura erkrankt im Alter von 18 Jahren an Schizophrenie. Gleichzeitig erliegt Tanja der Anziehung ihres verschlossenen Nachbarn.

Verlag:
R.G.Fischer, Orber Strasse 30, 60386 Frankfurt/Main 9,80 €

Dagmar Graupner
Schmetterlingswehen

»Windschiefer Monat November, Laub fegt mit herbstklammem Geflüster über den Gehsteig, Frostskizzierungen an den Fensterscheiben. Erstes Eis, das vom Dach sich löst und am Boden zerschellt. Wie eine Leihgabe der Schneekönigin liegen die klarkaltglitzernden Eiskristalle feil. Nun muss es sein, Sophie, es hilft nichts sonst ...«

Muss ich ein Verbrechen begehen, damit Sie mich sehen? Sophie Wildenhain, Co-Therapeutin in einer psychologischen Praxis, versucht schreibend ihrer Obsession zu begegnen. Hinter den Fenstern ihres Dachbodenraumes ersinnt sie einen abenteuerlichen Plan.

Verlag:
R.G.Fischer, Orber Strasse 30, 60386 Frankfurt/Main 9,80 €

Dagmar Graupner
Text & Kolorierung
Anja Roth
Zeichnungen

Otto Dieb, der Elstergatte

Eine bunte Tiergeschichte mit Anhang zum Ausmalen.
24 Seiten

Bezug über:
Potsdamer Philatelistisches Büro GmbH,
Apfelweg 12, 14469 Potsdam 6,95 €